Ulrike Eifler
OLIVENGARTEN

Ulrike Eifler

Olivengarten

Prosa

Ulrike Eifler
OLIVENGARTEN

Herstellung und Verlag:
BoD - Books on Demand, Norderstedt
ISBN 978-3-7431-7585-3

Ulrike Eifler
OLIVENGARTEN

Inhalt

Die Preisträgerin   07

Olivengarten   19

Drei Löffel   29

Solidarität   41

Richtig und Falsch   53

Im Rinnstein   65

Die Kladde   77

Alle gemeinsam   89

Ulrike Eifler
OLIVENGARTEN

Ulrike Eifler
OLIVENGARTEN

Die Preisträgerin

Zögernd nahm Maja den Umschlag aus dem Briefkasten und stieg langsam die Stufen zu ihrer Wohnung empor. Ihre Schritte hallten schwerfällig im Treppenhaus wider. Ungewöhnlich ungelenk stocherte sie den Schlüssel in das Türschloss. Mit einem kaum hörbaren Klicken sprang die Wohnungstür auf. Maja ließ die Tasche fallen und streifte im Gehen die Schuhe von den Füßen. In der Küche kochte sie Kaffee und warf zwischendurch immer wieder einen misstrauischen Blick auf den Umschlag, so als könne sie nicht glauben, dass dieser dort wirklich lag. In filigraner Schnörkelschrift war ihre Adresse auf das blütenweiße Papier gedruckt worden. Als der Kaffee endlich durchgelaufen war, öffnete sie behutsam das Kuvert. Sie genehmigte sich einen großen Schluck, zögerte kurz, faltete das Schreiben schließlich auseinander.

Der nächste Schluck schmeckte bitter. In dem Brief gratulierte ihr der Verlag *Durchblick* zum erfolgreichen Abschneiden beim diesjährigen Literaturwettbewerb. Aus

Ulrike Eifler
OLIVENGARTEN

über dreitausend Zuschriften hatte die von ihr eingereichte Geschichte *Abgründe* den ersten Platz belegt. Man freue sich, ihr mitteilen zu dürfen, dass sie ein sechsmonatiges Schreibstipendium in einer direkt am Meer gelegenen Zweizimmerwohnung in Zinnowitz auf Usedom gewonnen habe. Sie könne das Stipendium zu einem Zeitpunkt ihrer Wahl antreten. Ihre Geschichte werde zudem in einer erstklassigen Anthologie mit hochklassigem Einband erscheinen. Maja warf einen Blick auf das hochwertige Briefkuvert und stellte sich eine in Leder gebundene und mit goldenen Lettern verzierte Ausgabe vor. Ein Gedanke, der ihr gefiel.

Maja legte den Brief aus der Hand. Die offizielle Preisverleihung sollte in vierzehn Tagen stattfinden. Sie öffnete die Balkontür und atmete tief durch. Kalte Novemberluft flutete den Raum. Dicke Regentropfen platschten gegen das Balkongeländer und flitzten an den gusseisernen Stäben hinunter. Maja wusste nicht, ob sie sich freuen oder ob sie deprimiert seine sollte. Sechs Monate Usedom! Das war ein Traum! Sie sah sich in einer kleinen

Ulrike Eifler
OLIVENGARTEN

Wohnung am Schreibtisch sitzen und endlich ihren Erstlingsroman schreiben. Seit Jahren wollte sie darin den arbeitslosen Maurer Kolja Amok laufen lassen. Gegen seinen früheren Chef in der Leiharbeitsfirma, gegen den Sachbearbeiter im Kreisjobcenter und gegen die Tatsache, dass alle seine Kumpel vor der Armut und dem Verfall ihrer mecklenburgischen Heimatstadt in die alten Bundesländer flohen. Die peitschenden Stürme, die aufschäumende Gischt, die laut gegen den Strand krachenden Wellen und ein wolkenverhangener Ostseehimmel wären die perfekte Kulisse für Koljas Wut. Eine Wut, die auch Maja oft spürte. Wenn sie sich morgens um Viertel vor sechs zum Frühdienst ins Seniorenheim schleppte und dann Herrn Brandler eine halbe Stunde später aus dem Bett werfen musste, obwohl sie doch wusste, dass er trotz seiner 89 Jahre gern lange schlief. Oder wenn sie Frau Kubitzke rasch das Frühstückstablett ins Zimmer schob und keine Zeit hatte für die Geschichten, die die alte Dame so spannend zu erzählen vermochte.

Seit dreizehn Jahren arbeitete Maja nun schon in diesem

Haus. Sie liebte die alten Menschen. Sie irrten manchmal orientierungslos durch die Gänge, zeigten stolz ganze Fotoreihen ihrer Enkel und Urenkel und wussten mit glänzenden Augen von Zeiten zu berichten, die Maja nur aus dem Geschichtsbuch kannte. Doch immer öfter fragte sie sich, was die Arbeit in der Altenpflege von der Fließbandarbeit an der Supermarktkasse unterschied und was für eine Gesellschaft das war, die so mit ihren greisen Menschen umging. Jetzt hatte Maja die Möglichkeit, für sechs Monate diesem tristen Alltag zu entfliehen. Sechs Monate, in denen sie sich ihre Wut und ihre Verzweiflung von der Seele schreiben konnte. Sechs Monate – sie musste nur noch zugreifen…

Die Kälte riss Maja aus ihren Gedanken. Ihre Socken hatten sich voll Regenwasser gesogen. Sie war durchgefroren, als sie wieder in die Küche trat und die Balkontür hinter sich schloss. Sie streifte die nassen Socken von den Füßen, schüttete den kalten Kaffee ins Spülbecken und ließ Badewasser ein. Maja hatte einen Entschluss gefasst.

Ulrike Eifler
OLIVENGARTEN

Nur zwei Wochen später war Maja auf dem Weg in die Stadtgalerie. Ungeduldig wartete sie am Kastanienring auf die Grünphase. Als die Ampel von Rot auf Gelb umsprang, gab sie viel zu schnell viel zu heftig Gas. Die Reifen quietschten beim Davonfahren. In der Kastanienstraße bremste sie langsam ab und suchte nach einem geeigneten Parkplatz. Die Kunst des Einparkens hatte sich ihr auch nach fünfzehn Jahren Führerschein noch nicht erschlossen. Wieder einmal kam sie sich vor wie eine Verkehrslegasthenikerin. Endlich entdeckte sie eine Lücke, in die sie vorwärts hineinrollen konnte. Perfekt, freute sich Maja. Sie zog die Handbremse an, nahm Schlüssel und Handtasche und machte sich auf den Weg.

Schon nach wenigen Minuten hatte sie den Eingangsbereich der Stadtgalerie erreicht. Der Verlag hatte das Foyer geschmackvoll ausgeschmückt. Etwa zwanzig Stehtische waren mit Seidentüchern und raffinierten Blumengestecken ausgerichtet. Ebenso der Bühnenbereich. Das Mikrofon am Stehpult glänzte im Scheinwerferlicht. Lokale Buchhändler säumten den hinteren Teil des Foyers.

Ulrike Eifler
OLIVENGARTEN

„Frau Hartmann, ich freue mich, sie endlich persönlich kennen zu lernen."

Der Verlagsleiter begrüßte sie überschwänglich. Sein Händedruck war weich und unverbindlich, seine Stimme genauso ölig wie sein Haar. Jede Strähne schien sorgfältig mit Haarwachs zurückgelegt. Unweigerlich musste Maja an jene filigranen Schnörkel auf dem blütenweißen Umschlag denken. Zwei Lokalreporter eilten auf sie zu und bestürmten sie mit Fragen.

„Ich würde es vorziehen, wenn ich Ihnen nach der Preisverleihung für ein Interview zur Verfügung stehen könnte", entgegnete Maja höflich.

Sie verschwanden und der Verlagsleiter begann ausschweifend auf sie einzureden. Was er sagte, vernahm Maja nicht. Sie konnte nur fasziniert auf seinen Mund starren, der sich ohne Pause zu bewegen schien. Fast war sie versucht, das Batteriefach zu suchen, so sehr erinnerte sie dieser ohne Unterlass redende Verlagsleiter an das trommelnde Duracell-Häschen aus einem älteren Werbespot.

Ulrike Eifler
OLIVENGARTEN

Nach einer halben Ewigkeit in den Fängen dieses redseligen Mannes begann endlich die Preisverleihung. Voll des Lobes über die literarische Tiefenschärfe und die Wortgewandtheit einer begabten und vielversprechenden Autorin, von der man gewiss in naher Zukunft noch einiges hören werde, hielt er seine Laudatio auf die Preisträgerin Maja Hartmann. Lächelnd überreichte er Maja schließlich einen überdimensionierten symbolischen Reisegutschein und einen Blumenstrauß. Sechs Monate Usedom. Jetzt hatte Maja ihn in der Hand, den Traum aller Hobbyschriftsteller. Blitzlichtgewitter brachen flackernd und klickend über die herein. Dann trat sie an das Mikrofon und fühlte, wie sich mindestens einhundertfünfzig Augenpaare erwartungsvoll auf sie richteten. Maja spürte das wärmende Scheinwerferlicht. Ihre Zunge lag schwer und trocken im Mund. Sie blickte den Verlagsleiter an, der sie mit seinem breiten Grinsen wohl zu ermutigen schien. Sekunden vergingen, in denen nichts geschah.

„Sehr geehrter Herr Verlagsleiter Bausewein, meine Damen, meine Herren…", begann Maja mit brüchiger Stimme. „Ich habe nachgezählt: Ich schreibe seit meinem fünfzehnten

Ulrike Eifler
OLIVENGARTEN

Lebensjahr, also seit achtzehn Jahren. Ich habe in dieser Zeit 522 Gedichte, 187 Kurzgeschichten, unzählige Essays und drei Theaterstücke geschrieben. Das meiste davon ist unveröffentlicht und wird es aller Wahrscheinlichkeit auch bleiben. Ich habe an 72 Literatur- und an 24 Lyrikwettbewerben teilgenommen. meine Themenpalette ist vielfältig, denn die Themen liegen auf der Straße." Maja schaute in interessierte Gesichter. Ihre Stimme wurde fester. „Die letzte Kurzgeschichte, die ich einreichte, war eine Geschichte über eine junge Frau, die in Griechenland lebt. Vor der Krise war sie eine engagierte und beliebte Lehrerin. Heute ist sie arbeitslos, weil auf Druck der Troika mehr als dreitausend Schulen geschlossen wurden. Zwölf Monate lang hat sie zumindest Arbeitslosengeld erhalten. Doch das ist jetzt ausgelaufen. So etwas wie Sozialhilfe gibt es nicht mehr in Griechenland und die junge Frau weiß manchmal nicht, wie sie ihre achtjährige Tochter satt bekommen soll. Ihr Mann war schwer nierenkrank. Er starb an dieser Krankheit, mit der man hier in Deutschland noch etliche Jahre weiterleben kann. Er starb, weil das junge Paar die Dialyse nicht mehr bezahlen konnte."

Ulrike Eifler
OLIVENGARTEN

Unverändert wohlwollend blickten die Zuhörer sie an und Maja fuhr fort.

„Meine Damen und Herren, Geschichten wie diese gibt es gegenwärtig tausendfach in Griechenland. Wussten Sie, dass die sogenannten europäischen Rettungsgelder gar nicht bei der Bevölkerung ankommen, sondern auf ein Sperrkonto fließen, das die Schulden bei den Banken tilgen soll? Ist es nicht merkwürdig, dass wir – wenn wir von Europa reden – noch immer an Frieden und Völkerverständigung denken, während in Griechenland – im Herzen von Europa – wieder gehungert wird…"

Maja lief zur Hochform auf.

„Wer glaubt, das alles ginge uns nichts an, der irrt. Auch hierzulande bekommen die Schwachen die Rechnung präsentiert, die die Starken nicht zahlen wollen. Seit Jahren kalkulieren Unternehmen von vornherein die Möglichkeit des Aufstockens der Löhne mit Hartz IV ein und wälzen damit ihr unternehmerisches Risiko auf die Beschäftigten ab. Statt von Sozialtourismus zu schwafeln, sollte die Politik den – in meinen Augen – wirklichen Sozialmissbrauch beschränken. denn hier subventionieren wir mit unseren

Steuergeldern Unternehmen, die sich die Extraprofite in die eigene Tasche stecken und immer reicher und reicher werden."

Viele Zuhörer hatten mitleidig die Stirn in Falten gezogen. Das breite Lachen des Verlagsleiters war eingefroren. Er wirkte irritiert. Anscheinend versuchte er zu verstehen, was hier vor sich ging.

Maja kam zum Ende.
„Um all diese Dinge geht es in meinen Geschichten. Ich habe Geschichten über die schmelzenden Polkappen, die beschämende Altersarmut von Frauen, die zügellose Gier der Banken, die geschickten PR-Strategien der Zuckerindustrie und über frauenfeindliche Werbung geschrieben. Es gibt darunter gute und weniger gute Texte. Keiner dieser Texte ist je in einem Wettbewerb über eine freundliche Absage des jeweiligen Verlages hinausgekommen. Die von Ihnen prämierte Geschichte *Abgründe* ist einer meiner ersten Schreibversuche. Der Text ist fast fünfzehn Jahre alt. Es geht darin um eine

Ulrike Eifler
OLIVENGARTEN

einundzwanzigjährige Soziologiestudentin, die zu einer fiesen Stalkerin wird und einem Typen hinterhersteigt, mit dem sie nie auch nur ein Wort gewechselt hat. Die Geschichte ist nicht schlecht geschrieben, aber die Story ist recht dünn. Ich habe sie eingereicht, weil ich wissen wollte, ob die Verlage mir deshalb so zahlreich absagten, weil sie mein schriftstellerisches Talent vermissten oder sich an meiner Themenwahl störten. Das Ergebnis macht mich fassungslos. In welcher Gesellschaft leben wir, wenn Kritik an bestehenden Missständen als störend, als unästhetisch empfunden wird? Waren dreißig Jahre Neoliberalismus nicht nur ökonomisch und politisch, sondern auch ideologisch so erfolgreich, dass uns kalt lässt, wenn mit Schicksalen gespielt und diese Welt gegen die Wand gefahren wird? Wo ist der kritische Zeitgeist? Wo unser Widerspruch?"

Maja strich sich eine Haarsträhne aus dem Gesicht und holte tief Luft.

„Meine sehr verehrten Damen und Herren, liebe Jury, ich gebe zu, es ist mir nicht leicht gefallen. Aber ich habe mich dazu entschlossen, den Preis nicht anzunehmen. Die Energiewende geht zu Lasten der kleinen Leute, während die Rabatte der Industrie geschont werden. Kanzleramtschef Pofalla soll als Cheflobbyist in den Vorstand der Deutschen Bahn wechseln und niemanden empört es. Banken bekommen milliardenschwere Geldgeschenke, während Hartz-IV-Empfänger auf dem Amt um jeden Euro feilschen müssen. Und die einzige Geschichte, die von Ihnen eines Preises für würdig befunden wird, ist ein Text über eine kranke Stalkerin? Das Stipendium auf Usedom ist wirklich verlockend – aber der Preis, den ich dafür zu zahlen habe, ist mir zu hoch. Ich danke Ihnen für Ihre Aufmerksamkeit."

Mit einem Kopfnicken in Richtung des Verlagsleiters verließ Maja das Podium. Sie streckte den Rücken durch. Nichts drückte sie im Kreuz. Sie hatte der Versuchung wiederstanden, sich verbiegen zu lassen. Mit aufrechter Körperhaltung ging sie Richtung Ausgang. Ein Hauch von Wehmut lag in ihrem Schritt. Doch der Stolz überwog.

Olivengarten

Behutsam drückte sie das niedrige Holztor zum Garten ihrer Großmutter auf. Mit einem freundlichen Quietschen gab es den Weg frei. Warm und weich strömten die Erinnerungen. Sie wusste, hier hatte sie den schönsten Teil ihrer Kindheit verbracht.

Eleni nahm einen tiefen Atemzug und ließ ihren Blick durch den Garten schweifen. Alles war an seinem gewohnten Platz. Lustvoll räkelte sich der Wein an der brüchigen Hauswand. Im hinteren Teil des Gartens schimmerten die Mandarinen orangerot durch das Blätterwerk. Und mitten in diesem Idyll thronten drei uralte Olivenbäume, mit ausladenden Armen, wie um Deckung zu geben. Eleni setzte sich auf die verwitterte Bank darunter. Nichts und zugleich alles hatte sich hier verändert. Noch immer spannten die immergrünen Bäume ihr Blätterdach über die hintere Ecke des Gartens. Sommer für Sommer war Eleni an ihren knorrigen Stämmen hochgeklettert. Sie hatte sich dabei die Haut an Händen und Beinen aufgerissen, doch ihrem Elan hatte es keinen Abbruch getan. Eleni erinnerte sich, als wäre es gestern gewesen. Zuerst hatte sie mit dem linken Fuß an den knotenartigen Verdickungen des Stammes Tritt gefasst und sich dann mit den Armen an den unteren Ästen emporgestemmt. Mehr hangelnd als kletternd hatte sie sich den Aufstieg in das untere Geäst Stück für Stück erarbeitet. Hatte Eleni die Gabelung zur Krone erst einmal erreicht, konnte sie sich auf den ausgestreckten Armen des Baumes behutsam bis zu jenem Punkt vortasten, an dem der Ast leicht nachgab. Ab da musste sie vorsichtig sein. Einmal hatte sie diesen Punkt überschritten und war mit einem Krachen aus dem Geäst gefallen. Ein Stein hatte sich beim Aufprall in ihren Unterschenkel gebohrt und das Blut war dickflüssig aus der Wunde herausgesickert. Noch heute erinnerte sie eine Narbe daran, dass der Riss mit drei großen Stichen genäht werden musste.

Eleni saß auf ihrer Bank und hörte die Großmutter wieder mit Tellern und Töpfen durch die Türen und Fenster klappern, die in den heißen kretischen Sommern nur in den

Ulrike Eifler
OLIVENGARTEN

Abendstunden offen gestanden hatten. Der vertraute Geruch von gefüllten Auberginen und gebackenen Bohnen drang ihr in die Nase. Früher war das das Zeichen gewesen. Eleni musste von der Baumkrone hinuntersteigen und der Großmutter beim Hinaustragen des Geschirrs helfen.

Niemals wird Eleni diese herrlichen Sommerabende vergessen. Oft saßen sie zusammen, bis die Sonne vollständig in die Ägäis hinabgestiegen war und die Stechmücken mit einem monotonen Summen um sie herumschwirrten. Und die Großmutter erzählte Geschichten und mit jedem Wort stemmte sie sich gegen die Zeit dabei. Es waren Geschichten von früher, traurige und lustige. Es waren Geschichten von Elenis Urururgroßvater, der vor langer Zeit diesen Garten angelegt und drei dünne Stämmchen ins Erdreich gepflanzt hatte. Olivenstämmchen, weil sie als Symbol des Friedens das Haus, den Garten, vor allem aber die Familie beschützen sollten. Es waren Geschichten von turbulenten Zeiten, vom Krieg und von der Großmutter. Sie war als junges Mädchen in die Berge geflohen. Wochenlang hatte sie sich vor den Deutschen versteckt. An den Tagen hatte sie gehungert und in den Nächten gefroren. Eines Tages war sie auf eine Gruppe junger Männer gestoßen, die ebenfalls in den Bergen lebten. In einen von ihnen hatte sich die Großmutter verliebt, Iannis, Elenis Großvater. Er war ein junger mutiger Partisan mit pechschwarzen Locken, die ihm wild vom Kopf abgestanden hatten und durch nichts zu bändigen waren.

Als die Deutschen endlich abgezogen waren, wollten Großmutter und Großvater Iannis gemeinsam in das Haus mit dem Olivengarten zurückkehren. Doch der Krieg war weiter gegangen und der Großvater war auf die Gefängnisinsel Makronysos verschleppt worden. Und so war die Großmutter mit dem kleinen Panagiotis im Bauch allein in den Olivengarten zurückgekehrt. Makronysos hatte den Großvater verschluckt und nie wieder hergegeben. Und Großmutter hatte den Platz an ihrer Seite für niemanden mehr freigemacht. Manchmal bildete sich Eleni ein, dass sie deswegen ein so inniges Verhältnis zur Großmutter hatte, weil sie genauso wild und unbändig war und die gleichen schwarzen, wild vom Kopf abstehenden

Ulrike Eifler
OLIVENGARTEN

Locken hatte. Iannika, hatte Großmutter manchmal gerufen und Eleni hatte es stolz geschehen lassen.

Wenn die Großmutter von diesem Zeiten erzählte, dann konnte man ihre Geschichten nicht nur hören, man konnte sie sehen, riechen, schmecken. Wie eine bunte Bildergeschichte zog sich die erzählte Wirklichkeit durch Elenis Kopf. Die Großmutter erzählte mit weit aufgerissenen Augen unter Augenbrauen, die wild auf und ab tanzten. Und wenn sie dann, mitgerissen von der eigenen Erzählung, urplötzlich auflachte, öffneten sich die zarten Faltenfächer um ihre Augen. Und dass die Großmutter herzlich, laut und ausgelassen lachen konnte wie niemand sonst auf der Insel, das war vielleicht Elenis schönste Erinnerung.

Mit jeder Geschichte, mit jedem Satz kräuselten sich die Falten, die das Leben der Großmutter ins Gesicht geschrieben hatte. Die drei tiefen harten Furchen zwischen ihren Augenbrauen ebenso wie die kleinen weichen Fältchen um ihren Mund. Als Eleni älter wurde, hatte sie

Ulrike Eifler
OLIVENGARTEN

manchmal das Gefühl, die Falten in Großmutters Gesicht fügten sich zu einem Lageplan, einem Kompass, einem Wegweiser. Wie ein Netz aus Planquadraten hatten sie weich auf dem Gesicht der alten Frau gelegen und einen Lebensweg hineingezeichnet, der die Großmutter durch alle Höhen und Tiefen, durch viele Unwetter, Stürme und Unwägbarkeiten gelotst hatte. Diese Sommer auf Kreta, daran konnte sich Eleni auch nach über zwanzig Jahren noch erinnern, hatten nach den süßen Früchten des Gartens geschmeckt, sie hatten nach dem Wellenbruch vor der Küste geklungen und nach der weichen warmen Haut dieser liebevollen alten Frau gerochen. Und sie hatten in Elenis Leben geblinzelt wie ein Sonnenstrahl, der sich nach einem schweren Gewitter zielsicher seinen Weg durch die dunkle Wolkendecke bahnt.

Als Eleni sich an der Universität in Athen eingeschrieben hatte, war damit unmerklich auch die Zeit der kretischen Sommerferien zu Ende gegangen. Sie hatte dieses Kapitel ihrer Kindheit zugeschlagen. Lautlos und unbewusst. Und die Abstände zwischen den Besuchen auf der Insel waren größer geworden. Doch die Großmutter hatte sich stets gefreut, wenn Eleni unangemeldet und mit geschultertem Rucksack auf dem Rücken im Garten stand, oft nur mit ein paar Tagen Zeit im Gepäck. Dann hatten sie gemeinsam mit Tellern und Töpfen gescheppert und das Gemüse aus dem Garten zubereitet und wie früher miteinander geredet. Für Eleni war dieser Garten der idyllische, märchenhafte Ort ihrer Kindheit geblieben, ein Ort, der vom Zauber der Olivenbäume getragen wurde, der bei Regengüssen Schutz bot und der keine Geheimnisse preisgab.

Und so hatte sie nicht bemerkt und vielleicht auch nicht bemerken wollen, dass die Furchen zwischen den Augenbrauen der Großmutter immer tiefer wurden. Sie hatte nicht wahrgenommen, dass sich die weichen Fältchen um ihren Mund ausgehärtet hatten, und sie hatte sich nichts dabei gedacht, wenn sie die Großmutter manchmal laut aufseufzen hörte. Wir müssen Strom sparen, hatte sie gesagt, und Eleni bei ihrem letzten Besuch statt einer Tasse Tee ein Glas Wasser hingestellt, während sich im Buffetschrank die ungeöffneten Briefe stapelten. Im Garten der Großmutter wollte sich Eleni beschützt fühlen, abgeschirmt vor den schrecklichen Bildern aus Athen. Wie früher wollte sie glauben, man sähe sie nicht, hielte sie nur die Augen fest genug geschlossen. Wie früher wollte sie glauben, dass am Ende alles gut würde.

Es war an einem Donnerstag, der Himmel hing schwer und grau über Athen, als der Anruf von der Insel kam. Die Großmutter lag mit einer schweren Lungenentzündung im Krankenhaus. Eleni hatte sofort einen Flug nach Heraklion gebucht. Als sie auf dem Weg ins Krankenhaus ein paar Sachen aus dem Haus der Großmutter holen wollte, hatte sie bemerkt, dass Licht und Heizung nicht funktionierten. Und Eleni wusste sofort, was die ungeöffneten Briefe im Buffetschrank und das plötzliche Stromsparen zu bedeuten hatten. Nicht nur in Athen machte der Steuer- und Abgabentsunami, so nannten sie die Eintreibepraxis der Regierung, die Menschen bettelarm. Nicht nur in der Hauptstadt fraß sich die Krise wie eine gierige Raupe durch die Ersparnisse der Menschen. All das gab es auch hier auf Kreta. Die Großmutter musste wochenlang allein in dem eiskalten Haus gesessen haben.

Der Arzt machte Eleni keine Hoffnung. Im Krankenhaus fehlte es an den einfachsten Medikamenten, selbst auf den Toiletten suchte man vergeblich nach Seife. Der Glanz in Großmutters Augen war verschwunden. Ihr zierlicher Körper bebte unter fürchterlichen Hustenanfällen. Eleni fütterte die Großmutter, die mit jedem Tag schwächer wurde. Ein Leben lang hatte diese alte, starke, tapfere Frau gekämpft, gegen die Deutschen, gegen die Militärjunta, gegen den Schmerz über den Verlust ihrer großen Liebe. Nichts von all dem hatte sie gebrochen. Doch gegen die täglich eintrudelnden Steuerbescheide, gegen die steigenden Strompreise und ihre gekürzte Rente war die Großmutter machtlos. Die Sparpolitik der Troika hatte etwas vermocht, was zuvor niemandem gelungen war, sie hatten der Großmutter die Würde genommen.

Eleni legte fünfzehn blutrote Nelken auf das frische Grab unter dem Olivenbaum. Die Lieblingsblumen ihrer Großmutter. Fünfzehn Nelken für fünfzehn Sommer.

Ulrike Eifler
OLIVENGARTEN

Ulrike Eifler
OLIVENGARTEN

Drei Löffel

Agata schob sich ein Stück Schokolade in den Mund und ignorierte den dumpfen Vibrationsalarm ihres Mobiltelefons. Summend tanzte es neben ihr auf dem Sofa hin und her, flehte blinkend, beachtet zu werden. Doch Agata sah nicht einmal auf das Display. Teilnahmslos starrte sie weiter in den viel zu kleinen Fernseher. Es kostete sie keine große Mühe, sich nicht für den Anrufer zu interessieren. Im Gegenteil: Während sie gelangweilt das Serienprogramm verfolgte, hörte sie das Summen nur noch wie von fern. Von Zeit zu Zeit kam die Mutter ins Wohnzimmer. Agata hörte nicht, was die Mutter fragte oder sprach, sondern drückte sich weiter erschöpft in die weichen Sofakissen. Hin und wieder kämpfte sie sich matt aus der Kuhle, die sie seit einer Woche in das Sofa gelegen hatte. Dann schlurfte sie durch die Wohnung, um sich aus der Küche etwas Nachschub zu holen oder um ihre Notdurft zu verrichten. Das waren nur kurze Augenblicke. Schnell lag sie wieder auf ihrem alten Platz in ihrer alten Pose.

Ulrike Eifler
OLIVENGARTEN

Wenn man sie so sah, konnte man kaum glauben, dass sie noch vor wenigen Wochen keinen Protestmarsch, keine Kundgebung, kein Arbeitstreffen ihrer Flugblattgruppe ausgelassen hatte. Das Polytechnikum war Agatas zweite Heimat gewesen, und das nicht nur, um zu studieren. Die Aktivisten trafen sich hier in unzähligen politischen Gruppen, die sich wegen irgendeiner theoretischen Kleinigkeit voneinander abgrenzten. Sie diskutierten und redeten sich die Köpfe heiß, schrieben Flugblätter und verteilten schlecht kopierte Handzettel. Und sie begriffen sich als Teil einer Bewegung, die gewillt war, die Welt aus ihren Angeln zu heben.

Das Jahr, in dem Agata ihren Abschluss machte und als junge Grundschullehrerin nach Kyfissia kam, war das Jahr, in dem Papandreou seine Sparpläne vorstellte. Unerbittlich wie ein Tsunami tobte er durch die sorgfältig angelegte Bildungslandschaft. Zweitausend Schulen wollte er schließen, Klassen zusammenlegen, die Stundenzahl für die Lehrkräfte heraufsetzen und obendrein noch ihre Gehälter kappen. Und so kam es, dass Agata in ihrer alten SYRIZA-

Ulrike Eifler
OLIVENGARTEN

Gruppe blieb, obwohl sie längst nicht mehr eingeschrieben war. Nächtelang hatten sie Transparente gemalt, Flugblätter geschrieben und heimlich Plakate geklebt. Hunderttausende waren dem Aufruf der Gewerkschaften gefolgt. Bunte Transparente, pralle Luftballons und ein rotes Fahnenmehr hatten die Innenstadt geschmückt. Die warme Sonne hatte sie eingehüllt und ihnen ein wonnigliches Schutzschild verpasst. Sie hatten gesungen und gelacht auf dem Platz, diskutiert und schließlich ihre Wut herausgeschrien. Dass sie nicht für eine Krise zahlen würden, die sie nicht verursacht hatten.

Polizeiknüppel segelten auf sie nieder. Wasserwerfer wurden aufgefahren. Eine beißende Wolke Tränengas legte sich auf den Platz. Woche für Woche. Und allmählich wich die fröhliche Buntheit ihrer Proteste einen traurigen Grau. Die Kinderwagen mit den prallen Luftballons kamen nicht mehr. Die Demonstranten schützten sich mit Dreieckstüchern und mit Schutzbrillen. Die Polizeiknüppel kamen längst nicht mehr so unerwartet. Wer jetzt noch da war, der rechnete mit ihnen und wehrte sich. Widerstand gegen die Staatsgewalt warf man ihnen dann vor. Ausgerechnet ihnen. Zwei Jahrzehnte hatten sie fleißig gelernt, erst in der Schule, dann in der Uni. Die wenigsten waren durch ein besonders gewalttätiges Verhalten aufgefallen. Die meisten waren ja nicht einmal besonders interessiert an den politischen Ereignissen. Doch als dieser Staat, ihr Staat, Renten und Löhne kürzte, als dieser Staat, ihr Staat, das Recht abschaffte und das Unrecht anwandte, waren sie sich schnell einig, dass man gegen einen solchen Staat Widerstand leisten musste. Papandreou hielt ihrem Druck nicht stand. Er kündigte eine Volksbefragung über seine Sparvorschläge, die eigentlich Spardiktate aus Brüssel waren, an. Drei Tage dauerte das wütende Gezeter der europäischen Politiker – dem Geschnatter einer Vogelschar vor ihrem Abflug nach Süden gleich. Drei Tage hackten sie auf ihn ein, ehe er resigniert zurücktrat und damit den Weg für Neuwahlen freimachte.

Vor einigen Wochen hatte Agata ihre Kündigung im Briefkasten. Vielleicht würde sie nach den Sommerferien weiterbeschäftigt, hieß es in dem Schreiben. Das

Ulrike Eifler
OLIVENGARTEN

Ministerium würde die Listen ab der zweiten Augustwoche auf ihrer Homepage veröffentlichen. Zum gegenwärtigen Zeitpunkt könne man noch nicht sagen, ob und wo man sie im neuen Schuljahr beschäftigen würde. Keine schöne Aussicht. Jeder Zweite ihres Jahrgangs war auf der Suche nach einem Job. Agata blieb nichts anderes übrig, als zurück nach Heraklion zu gehen. Die Mutter hatte ihr Zimmer nicht verändert, weil Gaia schon im letzten Sommer dort eingezogen war. Die kleine Schwester gab ein paar Stunden Englischunterricht an der Privatschule. Das Gehalt war nicht üppig, aber so sparte sie die Miete und kam einigermaßen damit aus.

Es war nicht das Schlechteste, wieder zuhause einzuziehen, auch wenn Agata mit ihren vierundzwanzig Jahren eigentlich von einem eigenen Appartement träumte, von der Ruhe, aber auch von der Verantwortung. Doch einmal für vier Leute zu kochen war viel günstiger, als wenn viermal allein gekocht wurde. Agata kam es vor, als gäbe sie ihre Träume her, die ins Wanken geratenen Lebensentwürfe. Sie arrangierte sich, weil ihr nichts anderes übrig blieb und weil viele andere das auch taten.

Doch vor einer Woche drängte eine Nachricht in die öffentliche Berichterstattung, die ihr den Boden unter den Füßen wegzog. Eine grausame Schlagzeile in einer Zeit, in der man anfing, sich an grausame Schlagzeilen zu gewöhnen. Die 58jährige Lehrerin Claire Kapasachati hatte einen Anruf aus dem Ministerium bekommen, in dem man ihr mitteilte, dass sie fristlos entlassen worden sei. Ja, man wisse, dass sie Beamtin sei, hieß es aus dem Ministerium. Und ja, man wisse auch, dass sie mit 58 Jahren noch nicht in Rente gehen könne. Dem Ministerium täte es auch leid. aber man müsse die Sparauflagen aus Brüssel umsetzen. Nein, man wisse auch nicht, wie es nun für sie ohne Einkommen weitergehen würde. Irgendetwas würde sich schon finden. Als Claire Kapasachati den Hörer aufgelegt hatte, brach sie zusammen.

Als der Postbote zwei Tage später einen Brief des Ministeriums in ihren Briefkasten warf, lebte Claire Kapasachati nicht mehr. Es sei alles ein Versehen gewesen.

Ulrike Eifler
OLIVENGARTEN

Man entschuldigte sich für die Unannehmlichkeiten.

Agata hatte den Bericht gelesen, immer und immer wieder. Sie hatte auf dem Sofa gesessen und es seitdem nicht mehr verlassen. Alles fühlte sich merkwürdig kalt an. Leer, ohne Herzschlag fühlte sie nichts mehr, keinen Schmerz, keine Freude. Hatte sie noch vor Wochen mit Tausenden auf der Straße gestanden und dagegen protestiert, dass die Regierung den staatlichen Sender schloss, kam ihr das jetzt sinnlos vor. Täglich kamen neue Skandale an die Öffentlichkeit. Täglich wurden neue Ungeheuerlichkeiten beschlossen. Agata war mutlos geworden. Sie wusste nicht, woher sie die Kraft nehmen sollte, gegen all diese Dinge aufzubegehren. Ein Fernsehsender berichtete, dass der Gesundheitsminister bei illegalen Geschäften mit Pharmaunternehmen erwischt worden war, während Krebspatienten starben, weil ihnen das Geld für die Behandlung fehlte. In Keratsini wurde der Rapper Pavlos Fyssas von der Goldenen Morgenröte erstochen, in Farmakonisi ertranken dreißig junge Männer unter den Augen der Küstenwache bei dem Versuch, das Mittelmeer zu durchschwimmen. Agata hatte das Gefühl, die Welt um sie herum fiel auseinander. Alle Gewissheiten waren weggebrochen. Nur die Unsicherheit blieb beständig.

Agata saß auf ihrem Sofa und fühlte zum ersten Mal seit langem so etwas wie Leere in sich. Das Leid in ihrem Land erreichte sie nicht mehr. Nur hin und wieder fuhr sie das Netbook hoch und sah sich ein wenig verstohlen auf der Seite des Ministeriums um. Heimlich hoffend suchte sie nach der Liste der Lehrer, die zum Schuljahresbeginn wieder eingestellt werden sollten.

Ein plötzliches Klingeln an der Wohnungstür schreckte Agata. Als sie sich ein Stück Schokolade in den Mund schob, tanzten schon Gaias wilde Locken quirlig um sie herum.
„Stell dir vor, Agata, mein Vertrag ist verlängert worden", sagte Gaia überschwänglich.
Agata wusste, dass auch die Verträge an der Privatschule nur jährlich verlängert wurden. Doch es interessierte sie nicht. Sie freute sich nicht mit Gaia. Sie war nicht einmal

neidisch, dass ihre Schwester Jahr für Jahr eine Zusage bekam, während Agata jedes Jahr zum 21. Juni wie Tausende Fachlehrer arbeitslos wurden und auf einen neuen Vertrag nach den Ferien hoffte. Mehr als dreitausend Schulen hatte das Ministerium inzwischen geschlossen. Und mit jeder weiteren Schule sank die Chance, dass sie noch gebraucht wurde.

„Hast du schon etwas gehört?", fragte Gaia vorsichtig.
Agata schüttelte träge den Kopf und schob sich ein weiteres Stück Schokolade in den Mund. Eine Welle vollnussigen Nougats breitete sich auf ihrer Zunge aus wie eine warme Welle und Agata gab sich diesem Konzert des vollendeten Geschmacks bereitwillig hin. Sie schloss die Augen und genoss die Ablenkung.
Gaia schaute sie besorgt an. „Warst du heute schon auf der Seite des Ministeriums?"
Agata schüttelte gelangweilt den Kopf und glotzte in den Fernseher. Gaia klappte das Netbook hoch und baute die Internetverbindung auf.
„Die Listen sind raus", sagte Gaia nach einer Weile. „Du

stehst drauf. In Heraklion. Bis Juni nächsten Jahres."

Agata richtete sich auf und blickte der kleinen Schwester über die Schulter. Sie wollte es mit eigenen Augen sehen. Sie unterdrückte die Tränen nicht, die ihr unwillkürlich in die Augen geschossen waren. Es war, also ob sie aus einem bösen Traum aufgewacht war. Sie ließ die Tränen laufen und weinte hemmungslos. Und ihre Schwester nahm sie in den Arm und weinte mit. Sie heulten sich allen Frust und alle Hoffnungslosigkeit von der Seele. Sie weinten solange, bis Agatas Handy wieder auf- und abtanzte. Agata wischte sich die Tränen von den Wangen, als Gaia ihr das Handy reichte. Es war Panagiota, Agatas beste Freundin.

„Agata, ich hab's vorhin schon mal versucht… die Listen sind raus…", hörte sie ihre Freundin überschwänglich in den Hörer rufen. „Wir stehen drauf, Agata. Ist das nicht großartig? Du bleibst in Heraklion. Ich gehe nach Thessaloniki… Was ist? Freust du dich gar nicht?"

Der Anflug eines Lächelns zauberte sich für einen Moment auf Agatas Gesicht: „Doch Panagiota. Ich freue mich für uns beide. Das ist eine großartige Nachricht."

„Was hältst du davon, mein Appartement zu übernehmen?

Ulrike Eifler
OLIVENGARTEN

Es ist nicht groß, ich weiß, aber dafür ist es nicht teuer und du müsstest nicht mehr zuhause wohnen."

Agata kannte das kleine Ein-Zimmer-Appartement ihrer Freundin gut. Es lag im Norden von Heraklion und es war ein gutes Stück bis in die neue Schule. Der schmale Balkon neigte sich direkt zur Straße und im Küchenschrank standen nur zwei Tassen, zwei Teller und drei Löffel. Das magere Geschirraufgebot gehörte zum Inventar des Appartements. Ebenso das Bett und der kleine Küchentisch mit den beiden viel zu harten Stühlen. Agata blickte zu Gaia und zu ihrer Mutter. Sie war aus der Küche ins Wohnzimmer gekommen, weil sie das Gespräch der Schwestern mitbekommen hatte und weinte nun ebenfalls.

„Ja, Panagiota, ich übernehme deine Wohnung, die zwei Kaffeetassen und die drei Löffel."

Ulrike Eifler
OLIVENGARTEN

Ulrike Eifler
OLIVENGARTEN

Solidarität

Die Metro wurde langsamer. Mikis nahm die Ledertasche, verließ seinen Fensterplatz und stellte sich hinter die Schlange der Wartenden. Schon fuhr die Metro aus dem dunklen Schacht heraus und hielt ruckartig an der Haltestelle Omonia. Wie jeden Morgen öffneten sich die Türen mit dem gleichen mechanischen Klicken. Wie jeden Morgen schoben sich die Menschen durch den Engpass der Wartenden und wie jeden Morgen unternahmen einige besonders Ungeduldige den erfolglosen Versuch, sich gegen den Strom der Aussteigenden in die U-Bahn zu drängen.

Endlich hatte es auch Mikis auf den Bahnsteig hinaus geschafft. Ohne nach den Orientierungsschildern zu sehen, versuchte er in dem Menschenstrom voranzukommen. Mikis musste sich nicht orientieren. Er kannte den Weg. Seit einem halben Jahr fuhr er jeden Morgen um halb acht mit der M2 bis Omonia, lief von dort noch etwa zehn Minuten bis zum Callcenter, um zwölf Stunden später den gleichen

OLIVENGARTEN

Weg in die entgegengesetzte Richtung wieder zurück nach Haus zu nehmen.

Vor allem am Abend liebte er seine Strecke, vorbei an den überquellenden Marktgässchen. Ein ums andere Mal stellte er sich vor, auf einem orientalischen Basar zu sein. Der Geruch getrockneter Gewürze lag ihm tatsächlich in der Nase. Er malte sich aus, dass die Händler nicht billige Kopien teurer Markenartikel, sondern Sesam, Olivenöl, goldgelbe Pfirsiche und zuckersüße Datteln verkauften. Sie schimpften dabei, sie lachten durch ihre Zahnlücken und sie feilschten um einen guten Preis…

Jeden Abend träumte sich Mikis für zehn Minuten Weg in eine andere Welt. Zehn Minuten lang vergaß er das Callcenter und dass sein Vertrag immer nur monateweise verlängert wurde. Er vergaß die Kopfschmerzen und die Angst. Es durfte nur bleiben, wer zwei erfolgreiche Verkaufsgespräche am Tag führte.

Trotz seiner zweiundzwanzig Jahre hatte Mikis bereits die

Ulrike Eifler
OLIVENGARTEN

ersten grauen Strähnchen und manchmal fühlte er sich so verloren wie eine an den Strand gespülte Muschelhälfte, leer und hoffend, dass irgendwer kommt, sich bückt und sie aufhebt, und sie mitnimmt, um sie zu den anderen Urlaubserinnerungen zu legen.

Der Menschenstrom auf dem Bahnsteig setzte sich in Bewegung. Er riss Mikis mit. Zäh, aber unaufhaltsam wie eine Lawine wälzten sich die Menschen Richtung Ausgang. Mikis versuchte der Trägheit des Stroms zu entkommen. Zügiger als die anderen bewegte er sich auf die Rolltreppe zu, schob sich mal links, mal rechts an jemandem vorbei, schlüpfte in eine Lücke, wenn sich eine auftat und war tatsächlich schon nach wenigen Minuten an der Rolltreppe. Er stellte sich auf die rechte Seite und blickte sich um. Mikis musste es unbedingt vermeiden, von den Kontrolleuren erwischt zu werden. Die warteten nie unten am Gleis, sondern standen oben in der Halle. Wie hungrige Wölfe lauerten sie, wenn sich die Menschentraube die Rolltreppe hochschob und auf den Eingang zusteuerte. Stichprobenartig suchten sich die Wölfe ihre Opfer heraus.

Ulrike Eifler
OLIVENGARTEN

Früher hatten sie Muster, nach denen sie die Menge abscannen konnten, Kids vor allem, die sich in ihrer jugendlichen Unbekümmertheit einen Spaß aus dem Schwarzfahren machten oder Menschen, denen man angesehen hatte, dass sie mit wenig Geld auskommen mussten.

Heute jedoch konnte jeder ohne Fahrausweis sein. Alte, Junge, Migranten, Griechen, Menschen mit abgetragenen Hosen und verwaschenen Hemden ebenso wie Menschen in schicken Poloshirts und Designerjeans. Mittlerweile stellten sich auch Ärzte, Lehrer und Rechtsanwälte in die Warteschlangen der Suppenküchen. Die Spuren ihres sorglosen Wohlstands sah man ihnen nur noch an der teuren Kleidung an.

Als die Rolltreppe langsam auch die letzten vier, fünf Stufen fraß und die Halle endlich einsehbar wurde, ließ Mikis seinen Blick konzentriert über eine Masse an bunten Menschentupfern gleiten. Ein letzter prüfender Blick. Halb hüpfend, halb gehend übersprang Mikis den Schlund der

Ulrike Eifler
OLIVENGARTEN

Rolltreppe, in dem die Stufe, auf der er gerade noch gestanden hatte, auch schon verschwunden war. Zügig setzte er sich in Bewegung, steuerte ohne Umwege auf den Ausgang zu. Er durfte nicht zu schnell werden. Das erregte die Aufmerksamkeit der Kontrolleure. Er versuchte sich geschäftig zu geben, ohne dabei hektisch zu wirken.

Es hatte auch diesen Morgen wieder geklappt, dachte er, als er vor dem Metrogebäude stand. Er blinzelte überrascht in die Sonne, die seine Nase kitzelte. Er genoss die ersten warmen Sonnenstrahlen in diesem Jahr. Einen Augenblick noch blieb er so stehen, vor ihm lag der Platz der Eintracht. Mikis konnte ihn blind von allen anderen Orten in Athen unterscheiden. Kleine und große Autos rasten vorbei, Motorräder quetschten sich in die Lücken dazwischen und Busse schienen dieses motorisierte Knäuel von hinten anzuschieben. Ein beständiges Verkehrssummen überzog den Platz, an dem an vielen Ecken auch schon in diesen frühen Morgenstunden Gruppen diskutierender Männer aus allen Teilen Europas zusammenstanden.

Ulrike Eifler
OLIVENGARTEN

Mikis sog die warme Luft in sich ein, als ihn ein plötzlicher Tumult daran hinderte, sich in Bewegung zu setzen. Er wagte einen neugierigen Blick zurück in die Halle. Kontrolleure. Sie standen dicht neben einer Frau, bedrängten sie, verlangten unnachgiebig den Fahrausweis. Mikis verfolgte die Szene durch die offene Schwingtür. Auch aus der Ferne war zu erkennen, dass die Frau keinen Fahrschein hatte. Die dunklen Kleider hingen ihr schlaff am Körper herunter, was sie in Mikis Augen noch hilfloser wirken ließ. Ihr Gesicht wirkte hart, sorgenvoll. Immer wieder bat sie flehentlich darum, gehen zu dürfen. Doch die Kontrolleure blieben unerbittlich, bestanden darauf, sie mitzunehmen, um ihre Personalien festzustellen.

„Bitte!" flehte die Frau. „Woher soll ich es denn nehmen. Ich habe keinen Job, bekomme wie die meisten nicht einmal Arbeitslosengeld."

Für einen kurzen Moment hatte es den Anschein, als zögerte der Jüngere. Er ließ den Arm der Frau los, blickte unsicher zu seinem älteren Kollegen. Der zeigte sich hart. Abweisend gab er der Frau zu verstehen, dass ihn die Gründe nicht interessierten. Wer die Metro benutze,

Ulrike Eifler
OLIVENGARTEN

brauche einen Fahrschein und wer ohne Fahrschein erwischt werde, müsse eine Strafe zahlen. So einfach war das. Das unwirsche Vorgehen seines Kollegen brachte den Jüngeren schnell zurück in die Spur brachte. Sein Gesicht zeigte jetzt wieder dienstliche Beflissenheit. Er griff nach dem Arm der Frau und gemeinsam drängten sie sie erneut mitzukommen.

Die Frau rührte sich nicht. Die dunklen Locken waren ihr vor Erregung aus dem zusammengebundenen Zopf gerutscht. Der graue Einkaufsbeutel aus Leinen zu ihren Füßen war umgekippt, zwei Orangen waren über den Boden gerollt. So standen sie zu dritt, mitten in der Halle am Omoniaplatz, dem Platz der Eintracht, die beiden Kontrolleure in ihren wichtigen Uniformen, die Frau links und rechts an den Armen packend, bereit zu gehen, und die Frau, die wie festgewachsen nicht einmal daran dachte, auch nur einen Schritt nach vorn zu machen. Zu ihren Füßen der umgekippte halbvolle Leinenbeutel und die beiden Orangen, die leuchtend auf dem eintönigen grauen Steinboden lagen.

Ulrike Eifler
OLIVENGARTEN

Ein älterer Mann mit einem dicken Schnauzbart unter der Nase mischte sich ein.

„Lasst sie doch gehen. Ihr hört doch, was sie sagt", drängte er die Kontrolleure.

Überrascht blickte sich der Ältere um, taxierte den Aufmüpfigen, zischte ihn an: „Halten Sie sich bitte da raus. Das geht sie nichts an!"

Inzwischen waren auch andere Passanten stehen geblieben. Nicht nur neugierig verfolgten sie das Treiben.

„Aber ihr wisst doch auch, was hier im Land los ist. Lasst sie gehen.", mischte sich eine alte Frau ein.

Immer mehr Menschen waren stehengeblieben. Sie hatten sich dabei wie ein Ring um das Geschehen gezogen. Männer und Frauen, Ältere und Jüngere, viele von ihnen selbst ohne Fahrschein, zufällig hier vorbeigekommen auf dem Weg zu dem schlecht bezahlten Job, zu Freunden oder ziellos unterwegs, um sich die bedrückende Langeweile zu vertreiben und nun entschlossen, der Frau, die da stellvertretend für sie ihren Fahrschein vorzeigen musste, beizustehen.

Ulrike Eifler
OLIVENGARTEN

Auch Mikis war zurück in die Halle gegangen. Er hob die beiden Orangen vom Boden auf und reichte sie der Frau. Sie lächelte ihn dankbar an und legte die Früchte zurück in den Leinenbeutel.

„Lasst ihr die Frau jetzt gehen?", riefen ein paar Kids, die bis eben Flugblätter vor dem Metrogebäude verteilt hatten. Sie waren ebenfalls durch den Tumult in sein Inneres gelockt worden.

Der Jüngere und der Ältere tauschten einen kurzen Blick, packten die Frau fester an den Armen. Sie versuchten, sich durch die Umstehenden zu drängen. Doch die Menschenwand war undurchdringlich. Ihre Gesichter waren ernst und abweisend. Niemand wich auch nur einen Zentimeter zurück.

„1,40 Euro kostet die Fahrkarte mittlerweile. Woher sollen wir das Geld denn nehmen?", fragte eine junge Frau mit einer auffälligen Nana-Mouskouri-Brille auf der Nase. Und aus den hinteren Reihen schimpfte jemand, dass das alles eine Schande sei. Die Stimmung unter den inzwischen drei Dutzend Menschen schlug allmählich in einen wütenden

Ulrike Eifler
OLIVENGARTEN

Aufruhr um.

„Wie tuen hier auch nur unsere Pflicht", herrschte der Ältere die Männer ungehalten an, die unbeweglich vor ihm standen und den Weg nicht freigeben wollten:

„Ich habe über dreißig Jahre malocht, Tag für Tag und wurde plötzlich auf die Straße gekippt, als wäre ich Müll."

Seine Stimme klang verbittert. Der Jüngere nickte zustimmend. „Glaubt ihr, ich bekomme mit achtundfünfzig noch irgendwo einen Job? Bei fast dreißig Prozent Arbeitslosigkeit im Land? Wir müssen alle unsere Familien ernähren und es ist mein Job, Schwarzfahrer dingfest zu machen", sagte er und drängte noch einmal darauf, den Weg frei zu geben Wieder bewegte sich niemand.

„Macht euch nicht zu Handlangern dieser Verbrecher", sagte Nana Mouskouri zu den Kontrolleuren. „Es ist nicht egal, womit man sein Geld verdient. Man sollte nicht auf dem Arsch der Schwächeren durch die Hölle reiten."

Die Umstehenden nickten zustimmend. Einige murmelten „Ja, Recht hat sie!", andere pflichteten bei. „Wie wahr, wie wahr!"

Ulrike Eifler
OLIVENGARTEN

Die Kontrolleure blickten sie verständnislos an, lockerten aber den Griff. Die Frau hob ihren Leinenbeutel auf und machte einen Schritt auf die menschliche Absperrung zu. Sogleich bildete sich eine enge Gasse.

„Danke", flüsterte sie, schlüpfte hindurch und tauchte rasch in der Menge unter.

Schnell schloss sich die Gasse wieder und hielt die Kontrolleure noch ein bisschen in Schach. Erst allmählich bröckelte diese Phalanx genauso zufällig wie sie entstanden war, bis auch die Kontrolleure freie Bahn hatten. Sie schulterten ihre Taschen und verließen das Gebäude, vermutlich, um sich eine andere Metrostation zu suchen.

Als Mikis ins Callcenter kam, war er exakt zwölf Minuten zu spät. Der Chef verfolgte ihn mit bösen Blicken, als er sich an seinen Platz setzte. Zwei erfolgreiche Verkaufsgespräche pro Tag, dachte Mikis. Doch seine Gedanken kreisten immer wieder um die Frau und die Kontrolleure und die Menschen, die sich plötzlich zusammen getan hatten, um dieser wildfremden Frau zu helfen. Dann blickte er sich um, beobachtete, wie seine Kollegen ebenso verzweifelt wie aussichtslos gegen Arbeitslosigkeit und Angst antelefonierten. Und in diesem Moment erkannte er, dass es kein persönliches Entrinnen gab, dass Solidarität das einzige war, das auch ihm bleib.

„Immerhin!", murmelte er und lächelte.

Ulrike Eifler
OLIVENGARTEN

Richtig und Falsch

Darf man sich einfach so davonstehlen? Die Freunde zurücklassen? Ihnen zumuten, allein weiterzumachen? Theodoris wusste es nicht. Er stand am Flughafen und wusste nichts mehr. Er wusste nicht, was er denken sollte, wusste nicht, was richtig und was falsch war. Er fühlte sich wie aus seiner Zeit gebrochen, wie ein Fahnenflüchtiger, der mit Hingabe Soldat war.

Versunken in seine Gedanken sah er aus dem Panoramafenster. Der Flughafen wirkte an diesem verregneten Donnerstagnachmittag noch trauriger als sonst. Die matt und schwer herabhängenden Wolken erinnerten ihn an diese kitschigen Hollywoodfilme, in denen es bei Abschieden und Beerdigungen immer wie aus Eimern goss, ganz so als wollte sich selbst der Himmel die Augen aus den Kopf weinen.

Gestern Abend hatte ein leichter Nieselregen eingesetzt. Theodoris und Katerina hatten gerade damit begonnen, ihre

Ulrike Eifler
OLIVENGARTEN

letzten Sachen zusammenzupacken. Leise und ohne ein Wort miteinander zu sprechen. Die Balkontür hatte offen gestanden und sie hatten hören können, wie sich die winzigen Tropfen auf Dächer, Bäume und Balkone setzten und tausendfach miteinander flüsterten.

Und als sie an diesem Morgen nach der Schlüsselübergabe ins Taxi zum Flughafen gestiegen waren, war aus dem leichten Nieseln ein wütender Dauerregen geworden. Die Tropfen hatten wild und vorwurfsvoll auf das Autodach getrommelt, so als wollten sie sagen: „Was fällt euch ein, einfach abzuhauen? Wenn ihr euch aus dem Staub machen wollt, dann nehmt das noch mit… und das… und das… und das…"
Und beim Aussteigen hatten die Tropfen sie geschlagen und gestochen und in Sekundenschnelle ihre Kleidung durchnässt.

Nun klatschten sie hilflos gegen die Scheibe des Panoramafensters. „Geht nicht!", las er, als sie sich an dem Glas brachen und kraftlos hinabsackten. Im Spiegel der

Ulrike Eifler
OLIVENGARTEN

Scheibe sah Thoedoris, dass Katerina in die aktuelle Ausgabe der Tageszeitung versunken war. Er spürte ein Stechen in der Brust. Ein Foto auf der Titelseite zeigte ihm ein kleines unscheinbares Gebäude. Jeder Raum dort war ihm vertraut, jeder Winkel, jede Ecke. Er sah die Reihen hunderter Schwarz-Weiß-Fotografien vor seinen Augen, die dort in den Fluren an den Wänden hingen. Die meisten davon hatte er selbst gemacht. Auch nach vierzehn Monaten bewegten und rührten ihn diese Bilder noch immer.

Theodoris erinnerte sich gut an jenen Morgen, an dem der Minister die Schließung des Senders verkündet hatte.
„Dieser Hort der Korruption und der Intransparenz muss ein für alle Mal ausgemerzt und ein neuer Sender eröffnet werden", schnarrte seine Stimme.
Das Funkhaus war um sieben Uhr noch nicht voll besetzt gewesen. Doch für Nikos und Maria und Pavlos und all die anderen, die schon da waren, hatte sich die Nachricht wie eine schallende Ohrfeige angefühlt. Niemals wird Theodoris die plötzliche Stille vergessen können, die sich

ohrenbetäubend durch jede Etage des Funkhauses wälzte. Instinktiv hatte er zur Kamera gegriffen und immer wieder auf den Auslöser gedrückt. Er hatte den Schock in den Gesichtern eingefangen. Fassungslosigkeit. Panik. Entsetzen. Angst. Die ungläubig aufgerissenen Augen von Kostas. Ioanna, das Gesicht in den Händen vergraben. Und Dikaios, der nachdenklich auf seiner Unterlippe kaute. Blankes Entsetzen hatte sich in die Gesichter der Kollegen gemeißelt.

„Wir sollten uns das nicht gefallen lassen!", hatte Antonis plötzlich gesagt und damit die Schockstarre langsam und Wort für Wort abgetragen.

„Wenn diese Regierung einen Kakao anrührt und uns dort hindurchziehen will, sollten wir diesen Kakao nicht auch noch trinken wollen. Sie wollen einen neuen Sender? Wir sollten ihnen zeigen, dass der alte noch gut genug ist. Wir sollten ihnen zeigen, dass sie uns nicht einfach wie Müll auf die Straße kippen können. Wir sollten ihnen zeigen, dass sie sich an uns die Zähne ausbeißen werden. ERT gehört dem Volk und nicht Samaras!"

„Jawoll!", hatten einige gerufen, während andere

Ulrike Eifler
OLIVENGARTEN

nachdenklich die Wortwechsel verfolgten.

Und dann nahmen sie Laptops, Mischpulte und Mikrofonanlage und setzten sich auf den Platz vor dem Funkhaus, der sich langsam füllte. Und als am Abend die Polizei den Sendemast kappte und von einem Moment auf den anderen, sämtliche Radio- und Fernsehsendungen auf den Mattscheiben und in den Radiogeräten in ein deutliches Rauschen hinabstürzten, riss der Zustrom auf den Platz vor dem Funkhaus nicht ab. Wütende Pfiffe, verstörtes Gemurmel, aber auch hin und wieder ein leises Lachen – Theodoris hatte die Geräusche des Platzes noch gut im Ohr. Eine riesige Kundgebung hatte plötzlich bunte Farbtupfer auf das langweilige Grau vor dem ERT-Hauptquartier gezaubert. Wie anrührend es war, dass all diese wildfremden Menschen mitten in der Nacht nach Agia Paraskevi kamen, alle ihre Verpflichtungen und den nächsten Tag dabei vergessend, um ihren Rundfunksender zu beschützen. Theodoris hatte sie noch gut vor Augen, die Wolke der ERT-Nostalgie, die in jener Nacht sentimental über dem Platz gehangen hatte. Vergessen waren die mittelmäßigen Sendeformate. Vergessen die staatstreue Berichterstattung. An diesem Abend bestand das ERT-Programm nur aus Lieblingssendungen. Wie ein Schutzschirm spannten sie sich über die Menschenmenge gegen die Angst, die wispernd, aber deutlich hörbar durch die Reihen kroch, ihnen Löcher in den Bauch fraß.

„Jetzt kann alles passieren", war immer wieder zu hören.

„Alles".

„Jederzeit".

„Ohne Vorwarnung".

Und Theodoris hatte innerlich genickt, während er immer weiter auf den Auslöser drückte. Die Sozialkürzungen, die Steuererhöhungen, die Massenentlassungen – all das war nichts verglichen mit der Schließung des Senders, dachte er. Samaras hatte eine rote Linie überschritten, die selbst in den Zeiten der Diktatur eingehalten worden war. Diese hatte den Sender geformt und die Berichterstattung auf die Interessen der Militärregierung eingenordet, aber sie hatte den Sender nie abgeschaltet. Auch jetzt noch bekam Theodoris Gänsehaut, wenn er daran dachte, wie sie in jener Nacht redeten, pfiffen, gegen ihre Angst ansangen.

Ulrike Eifler
OLIVENGARTEN

„ERT gehörte dem Volk", hatten sie immer wieder laut in die Nacht hinaus gerufen.

Nach diesem Abend war alles anders gewesen. Sie hatten nicht das Feld geräumt, waren nicht mit hängenden Köpfen abgerückt. Stattdessen hatten sie das Funkhaus besetzt gehalten und über das Internet weiter gesendet. Vor allem die Menschen in Athen waren ihnen dabei nicht mehr von der Seite gewichen. Fast schien es, der Widerstand gegen die Schließung des Senders sei ein Fanal gewesen. Solidaritätsstreiks hatten die Normalität des Alltages durchbrochen. Weder die blauen Stadtbusse noch die Oberleitungsbusse waren gefahren. Und selbst die Athener Vorortbahn hatte ihren Verkehr immer wieder eingestellt. Zeitungen waren tagelang nicht erschienen und am Flughafen war es zu Verspätungen gekommen. Lokführer, Krankenhausärzte, Journalisten, Fluglotsen, Busfahrer – alle hatten sich an dem vierundzwanzigstündigen Streik beteiligt, einige sogar noch darüber hinaus.

„Es ist 5.52 Uhr morgens. Die Polizei ist hier. Willkommen,

Ulrike Eifler
OLIVENGARTEN

Mittelalter!" Das waren die letzten Worte, die von der ERT-Radiostation gesendet wurden. Einhundertzwanzig Tage hatte ihr Widerstand gedauert. Dann stürmten Sondereinheiten der Polizei das Funkhaus. Tränengas lag beißend in der Luft und brannte in den Augen.

„Wir sind doch nicht im Krieg!", hatte Theodoris geschrien, als er zusammen mit den anderen an den Haaren gepackt und hinausgeschubst wurde. Drei Stunden später war der Polizeieinsatz vorbei und das Gebäude geräumt.

Doch der Stolz der ERT-Redakteure und der Wille, diesen Platz nicht kampflos aufzugeben, waren damit nicht gebrochen. Direkt gegenüber, auf der anderen Straßenseite hatten sie ein kleines Haus angemietet und sich aus Spendengeldern dort ein Studio eingerichtet. Jede Kamera, jedes Mischpult war selbst finanziert. Sie wollten unabhängig sein. Sie wollten vom Widerstand berichten. Und sie taten das mit viel Leidenschaft. Ihre einzigen Einnahmen waren gespendete Lebensmittel der Bevölkerung gewesen. Stolz erinnerte sich Theodoris an die Diskussion im Sender, wie man mit Anfragen von

Ulrike Eifler
OLIVENGARTEN

Unternehmen nach Werbespots umgehen solle.

„Wir sind ein Bewegungsradio und wir wollen auch weiterhin unabhängig über die sozialen Bewegungen und den Aufbau der solidarischen Strukturen in diesem Land berichten", war die Antwort, mit der sie solchen Anfragen quittierten.

Eines Abends erzählte Katerina, dass sie sich bei NERIT beworben hatte und genommen worden war. Theodoris hatte getobt.
Opportunistisch!
Rückratlos!
Das waren die Worte, die man den Kollegen hinterherrief, die auf die andere Straßenseite zu NERIT wechselten, in das ehemalige Funkhaus, ihr Funkhaus, in dem sich nun ein neuer Staatssender ausbreitete.

Dabei war Katerina genauso fassungslos über die Ereignisse gewesen und hatte sich genauso über Samaras empört. Dass sie sich nun trotzdem bei NERIT beworben hatte, konnte er nicht verstehen.

Ulrike Eifler
OLIVENGARTEN

„Man kann seine Familie nicht allein von Lebensmittelspenden ernähren", hatte Katerina gesagt. Und es hatte mehr nach einer Feststellung als nach einer Rechtfertigung geklungen. Für Theodoris war das dennoch ein unverzeihlicher Verrat.

„Viele von uns haben auf Wiedereinstellung geklagt. Jetzt zu NERIT zu gehen, bedeutet, die Schließung von ERT gutzuheißen", hatte er geschimpft und sich geschämt. Zuerst für den Verrat seiner Frau und dann für die Erleichterung, nicht allein auf die gespendeten Lebensmittel angewiesen zu sein. Er hatte das nicht laut gesagt, besonders nicht zu Katerina. Aber es war ein beruhigendes Gefühl, dass er gehen konnte, wenn Tomaten und Gurken und Brot unter den Kollegen aufgeteilt wurden. Katerinas Einkommen war keineswegs hoch. Doch es reichte, um Miete und Strom zu bezahlen.

Doch mehr noch als das hatte ihn der Anruf aus Deutschland beschämt. Onkel Nikos wollte nach dem Tod der Tante eigentlich zurück nach Griechenland kommen. Aber das Leben war für einen Rentner in Deutschland im

Ulrike Eifler
OLIVENGARTEN

Augenblick einfacher. Deshalb bat er Theodoris und Katerina, zu ihm nach Rüsselsheim zu ziehen. Katerina war sofort dafür gewesen und sie hatten sich immer wieder laut deswegen gestritten. Lange hatte sich Theodoris gegen die Einladung gewehrt, doch dann hatte er eines Tages auf Katerinas runden Bauch gesehen und sich gefragt, wie er in diesem Land Vater werden sollte? Ohne Arbeit, ohne Einkommen, auf die Tomatenspenden seiner Mitmenschen angewiesen? Vielleicht fand er in Deutschland Arbeit und vielleicht konnte seine Tochter dort behütet aufwachsen, fern von diesem Land ohne Hoffnungen.

Theodoris seufzte. Der Himmel lag hoffnungslos über dem Flughafen. Hin und wieder setzte ein Flugzeug zum Start an und verschwand in dem dichten grauen Wolkenschaum der Ungewissheit. Jedes mit einem anderen Ziel, aber jedes flog weg von hier in Städte, die mit neuen Hoffnungen lockten. Städte wie Berlin, Paris, Hamburg, London…

Noch immer kam ihm der Flug nach Deutschland wie Verrat vor, rücksichtsloser, egoistischer Verrat. Und er

Ulrike Eifler
OLIVENGARTEN

ahnte, dass ihn das schlechte Gewissen so schnell nicht loslassen würde. In der Tageszeitung schrieben sie, dass SYRIZA im Falle eines Wahlsieges ERT wieder öffnen würde. Hoffentlich, dachte Theodoris, dann hätte sich auch sein Widerstand wenigstens gelohnt.

Ein Gong verkündete die Öffnung des Gates und den Beginn des Boardings. Theodoris suchte nach Katerinas Hand und stellte sich in die Schlange. In seinem Herzen wuchs die Zuversicht, doch seinen Kopf hielt er gesenkt.

Ulrike Eifler
OLIVENGARTEN

Im Rinnstein

Diese Hochhäuser kamen Konstantina manchmal wie die Gesellschaft vor oder besser: die Gesellschaft erschien ihr bei genauerer Betrachtung wie ein Hochhaus. Ein Hochhaus der begrenzten Möglichkeiten. Ein Hochhaus, in dem jede Klasse auf einer für sie vorgesehenen Etage wohnte. Klein, eng und dicht in den unteren Stockwerken. Und größer, heller, geräumiger, je höher man kam. Am komfortabelsten waren natürlich die Wohnungen im Dachterrassenbereich. Riesige, weite, lichtdurchflutete Räume, die einen atemberaubenden Blick auf die Welt boten. Von hier aus waren der schmutzige Rinnstein, die vollen Mülltonnen im Hinterhof und die ausgetreten Stufen im Treppenhaus kaum zu erkennende und leicht zu vernachlässigende Details. Hier oben war man dem Himmel nah, Wolken luden zum Hineinspringen ein und die Sonne strahlte warm und hell herunter. Hier oben gab es keine Grenzen, keine Mauern, keine Zäune und der Traum von Freiheit war hier kein Traum mehr. Wer von hier auf die Welt blickte, dem standen alle Türen offen.

Ulrike Eifler
OLIVENGARTEN

Und weil die Dachterrassenbewohner natürlich unter sich bleiben wollten, war ein Umzug aus der unteren in die obere Etage nahezu unmöglich. Im Grunde gab es zwei Wege nach oben: Den einfachen schnellen mit dem Fahrstuhl und den mühsamen, beschwerlichen über die Treppen. Der Fahrstuhl kam für die meisten nicht in Betracht, weil Männer in Uniformen davor standen und über seine Nutzung wachten. Sie handelten im Auftrag der Dachterrassenbewohner, die ihnen sagten, wer einsteigen und nach oben befördert werden durfte und wer nicht.

Der einzige Weg nach oben war also der Weg über die Treppen. Doch dieser Weg war gefährlich, denn in dem übervollen Treppenhaus wurde geschoben und gedrückt. Dort bahnte sich jeder seinen Weg mit Gewalt, hin und wieder wurden Ellenbogen ausgefahren, Beine gestellt oder unauffällig Kopfnüsse verteilt. Bis vor ein paar Jahren gab es noch ein Sicherheitsgeländer, doch das wurde irgendwann aus Kostengründen abgeschafft. Rücksichtnahme erwies sich als nicht besonders vorteilhaft und Mitgefühl als hinderlich. Der Blick zurück auf diejenigen, die taumelten, purzelten, zurückfielen, war mit Zeitverlust verbunden. Wer nach oben wollte, durfte es sich nicht erlauben, zurückzublicken, durfte niemandem helfen, wieder aufzustehen, musste den Impuls, den Arm stützend auszustrecken, unterdrücken.

Mit einem plötzlichen Ruck stoppte der Fahrstuhl recht unvermittelt im vierten Stock und riss Konstantina aus ihren Gedanken. Dieses Wohnhaus, dachte sie, mitten im dichtbesiedelten Athener Stadtteil Peristeri, das waren die unteren Stockwerke. Und das nur zwanzig Taximinuten entfernte Paleo Psychiko, wo die Menschen die höchsten Durchschnittseinkommen des Landes hatten, das war die Dachterrasse. Und alles blieb wie es war, solange sie sich nicht halfen, solange es sie kalt ließ, wenn Freunde, Verwandte, Nachbarn strauchelten.

Konstantina trat aus dem Fahrstuhl und brauchte einen Moment, um sich in dem dunklen Flur zurecht zu finden. Dann steuerte sie auf eine der Türen zu, warf einen prüfenden Blick auf das Namensschild, schüttelte leicht den

OLIVENGARTEN

Kopf. Ging zur nächsten Tür, warf auch hier einen Blick auf den Namenszug. Wieder nichts. Erst an der vierten Tür konnte sie die sorgfältig geschriebenen Buchstaben zu dem Namen der Freundin zusammenfügen.

T-s-o-u-l-a-k-o-u.

Endlich.

Konstantina zögerte kurz, drückte dann auf den Klingelknopf. Lauschte. Nichts. klingelte noch einmal und vernahm plötzlich ein Schlurfen im Innern. Als sich die Tür kraftlos einen Spaltbreit öffnete, sah Konstantina sofort, in welchem Zustand ihre Freundin war. Die Haare hingen ihr strähnig ins Gesicht. Die Wimperntusche war verlaufen und schwarze Ringe umrahmten die müden Augen. Ihre Haut schimmerte selbst in diesem schlecht ausgeleuchteten Hausflur grau. Konstantina hatte den Eindruck, als sei ihre Freundin innerhalb weniger Tage um Jahre gealtert.

„Darf ich reinkommen?", fragte Konstantina sanft.

Gleichgültig gab Maria den Weg frei, indem sie die Tür aufschob und zurück in die Wohnung schlurfte. Schnell schlüpfte Konstantina durch die Tür und hörte, wie die Freundin zwei Gläser und etwas Wasser aus dem Hahn auf den Tisch stellte. Als sie das Wohnzimmer betrat, luden ein schmales Sofa und zwei Sessel zum Sitzen ein. Ohne zu zögern steuerte Konstantina auf das Sofa zu, auf dem ihre Freundin kauerte.

„Du bist nicht ans Telefon gegangen und du warst seit Tagen nicht mehr am Syntagma-Platz", sagte Konstantina zärtlich und ohne eine Spur Vorwurf in der Stimme.

Die Freundin schwieg. Nach einer Weile goss Konstantina beiden etwas Wasser in die Gläser und erzählte von ihrer letzten Aktion.

„Stell dir vor, das Finanzministerium macht richtig Stimmung gegen uns, behauptet, man hätte uns entlassen, weil wir zu teuer waren. 1.500 Euro Gehalt wollten sie uns andichten", erzählte Konstantina empört.

Dabei nahm sie ein Glas und setzte es an die Lippen.

„Das haben wir natürlich nicht auf uns sitzen lassen. Also haben wir unsere Wäscheleinen von zu Hause mitgebracht und am Syntagma-Platz aufgespannt und unsere Lohnabrechnungen daran festgeklammert."

Maria hatte immer noch nichts gesagt, hatte nicht einmal aufgeblickt. Zusammengefallen saß sie in ihrer Sofaecke, und Konstantina war sich nicht sicher, ob die Freundin sie überhaupt wahrnahm. Ihr Blick war seltsam leer.

„Du glaubst gar nicht, was für ein Riesenspaß das war. Und die Leute, die haben uns zugerufen, wir sollten weitermachen. Und dann haben wir alle unsere roten Gummihandschuhe angezogen und die Hände zu Fäusten geballt."

Konstantina war sich nicht sicher, was sie tun sollte. Maria hatte noch immer kein einziges Wort gesagt. Am Syntagma-Platz war sie immer die Lauteste von ihnen gewesen, die Agilste, die Kämpferischste. Dieser apathische, bewegungslose Zustand, der passte nicht so recht zu ihr.

Konstantina hatte geahnt, dass irgendetwas passiert sein musste, nachdem Maria tagelang nicht aufgetaucht war. Die Frauen hatten ein empfindliches Frühwarnsystem untereinander eingerichtet, seit sie vor zwölf Monaten aus dem Finanzministerium entlassen worden waren. Jede war für eine andere verantwortlich und sobald eine von ihnen nicht mehr bei den regelmäßigen Protesten auf dem Syntagmaplatz auftauchte, wurde sie angerufen oder besucht. Der Kampf gegen die Entlassungen verlangte ihnen viel Kraft ab. Keine von ihnen war in einer Gewerkschaft und so fingen sie an, sich selbst eine Struktur zu geben, ihre Lage zu besprechen, Telefonnummern auszutauschen, Plakate zu malen und den Protest neu zu lernen. Dieser ständige und jeden Tag neu geführte Kampf und die Ungewissheit, ob es sich überhaupt lohnen würde, das schweißte sie zusammen, es zermürbte sie aber auch. Jede einzelne von ihnen, war schon an dem Punkt, an dem Maria jetzt war, an dem Punkt, an dem jegliche Kraft aus Kopf, Herz und Körper gewichen war und man nur noch aufgeben wollte. Deshalb hatten sie verabredet, aufeinander aufzupassen.

„Maria, alle machen sich Sorgen um dich", sagte Konstantina schließlich. Sie machte eine Pause und wartete, ob die Freundin etwas sagte.

„Wir dürfen nicht zulassen, dass sie uns kaputt machen, dass wir aufgeben, dass wir nicht mehr kämpfen. Du warst es, die gesagt hat, dass wir unsere Würde nur behalten, wenn wir uns gegen unsere Entlassungen wehren. Komm zurück", sagte Konstantina und schob ein kaum hörbares „Bitte!" hinterher.

Marias Augen füllten sich mit Tränen, die ganz plötzlich wie Sturzbäche die Wangen hinunterrannen.

„Konstantina, es hat alles keinen Sinn mehr. Wir kämpfen und kämpfen und kämpfen und erreichen doch nichts", sagte Maria leise.

Und nach einer Pause flüsterte sie:

„Ich habe Dimitris letzte Woche zu meinen Eltern nach Hydra gebracht. Auf den Inseln ist es nicht so schlimm wie hier in Athen. Außerdem haben sie einen großen Garten und bauen viel Gemüse selbst an. Da bekommt er, was ich ihm hier nicht mehr geben kann, wenigstens einmal am Tag eine warme Mahlzeit."

Konstantina sah ihre Freundin an. Ihr Mund war plötzlich ganz trocken.

„Dimitris… ist… weg?", fragte sie heiser.

„Ich wusste mir nicht mehr zu helfen", schluchzte Maria. Seit letzten Monat bekommen wir kein Arbeitslosengeld mehr, woher soll ich das Geld für seine Schulbücher nehmen. Und wovon soll ich im nächsten Monat die Miete bezahalen. Es ist nur eine Frage der Zeit, bis wir hier rausgeworfen werden..."

Jetzt liefen auch Konstantina die Tränen über das Gesicht. Sie nahm ihre Freundin in die Arme. Minutenlang saßen sie so da.

Arm in Arm. Gemeinsam weinend.

„Wie lang soll das so weiter gehen?", fragte Maria schließlich. „Seit Monaten campieren wir am Syntgamaplatz, sind Tag und Nacht auf den Beinen, planen unsere Aktionen und Samaras nimmt nicht einmal Notiz davon."

Konstantina weinte noch immer. Sie verstand plötzlich, warum Maria keine Kraft mehr hatte. Dimitris war zwölf Jahre alt. Ein aufgewecktes Bürschchen. Klug. Witzig. Und Maria sorgte allein für ihn. Oft schon hatten sich die Freundinnen unterhalten.

„Wir verlieren eine ganze Generation", hatte Maria immer gesagt und die Kinder und Jugendlichen gemeint, die ohne Hoffnung aufwuchsen. Einige gingen nicht mehr zur Schule und die, die schon mit der Schule fertig waren, bekamen keine Arbeit. Wohnten zuhause. Schrieben ihre Wünsche

Ulrike Eifler
OLIVENGARTEN

und Träume in den Wind.

„Du hattest übrigens Unrecht", hauchte Konstantina und Maria hob erstaunt den Kopf.

„Wir verlieren nicht nur eine Generation. Wir verlieren mindestens zwei, wenn wir nicht aufpassen, dass die Eltern am Schicksal ihrer Kinder zerbrechen. Was lernen unsere Kinder, was lernt Dimitris, wenn wir in diesen Zeiten aufgeben, wenn wir uns nicht gegen dieses Unrecht wehren?"

Maria schwieg.

„Ich habe mich nie für Politik interessiert", begann Konstantina wieder. „Ich habe dreißig Jahre lang das Finanzministerium geputzt und nicht einmal gewusst, wer eigentlich der Finanzminister war. Aber als man uns entließ und die Polizei gegen unsere Proteste gewaltsam vorging, da wusste ich, dass hier ein großes Unrecht geschieht und dass man etwas dagegen tun muss."

Konstantina sah ihre Freundin lange an. Dann holte sie einen roten Gummihandschuh heraus und legte ihn auf den Tisch.

Ulrike Eifler
OLIVENGARTEN

„Gegen unsere Entlassungen gemeinsam zu kämpfen, heißt nicht nur, gemeinsam hinter den Transparenten zu stehen und Flugblätter zu verteilen. Es heißt auch, dass wir uns dabei helfen, durch diesen Alltag zu kommen"

Maria hatte den Handschuh in die Hand genommen und nickte vorsichtig.

„Ich weiß noch nicht wie, aber wir kriegen das wieder hin. Lass Dimitris für den Rest der Sommerferien bei deinen Eltern. Dort hat er es gut", sagte Konstantina. „In drei Wochen sind die Ferien rum. Dann holen wir ihn zurück. Hier im Stadtteil gibt es so viel Hilfe und Unterstützung. Wir werden das nutzen und eine von uns beiden kocht ihm einmal am Tag eine warme Mahlzeit. Ich werde dir helfen, Maria."

Konstantina schwieg einen Moment, ehe sie hinzufügte:

„Ich weiß nicht, ob wir mit unserem Protest Erfolg haben und Samaras dazu bringen können, uns wieder einzustellen. Aber die Erfahrung, dass wir gemeinsam gekämpft haben, dass sie uns mit ihrer Politik nicht die Würde genommen haben, diese Erfahrung kann uns keiner mehr nehmen. Sie ist unser eigentlicher Erfolg."

Ulrike Eifler
OLIVENGARTEN

Konstantina dachte an das Hochhaus und an sich und an Maria und an die vielen Frauen am Syntagmaplatz. Während es sich die Dachterrassenbewohner unter der strahlenden Sonne bequem machten, wohnten sie nicht einmal mehr im Erdgeschoss dieses Hochhauses, das sich Gesellschaft nannte. Die meisten von ihnen saßen draußen im Rinnstein ohne ein schützendes Dach über dem Kopf. Und hier draußen konnten sie nur gemeinsam überleben, hier draußen mussten sie aufeinander aufpassen.

Ulrike Eifler
OLIVENGARTEN

Die Kladde

Unaufhaltsam kam der grüne Ford Ka angerutscht. Das Quietschen der Autoreifen und das wilde Hupen der Fahrerin zerrissen die Gedankenstille, mit der Kristina die Fahrbahn betreten hatte. Regungslos stand sie auf der Straße. Sie war unfähig, einen Schritt vorzusetzen. Aus weitaufgerissenen Augen sah sie den Wagen Zentimeter für Zentimeter auf sie zu rutschen. Sie bewegte sich nicht, stand einfach nur da, so als seien ihre Beine fest in den Asphalt gegossen.

Endlich kam der Wagen zum Stehen. Wie benommen starrte Kristina auf die Stoßstange dicht vor ihrem linken Schienbein. Eine Frau mit einem riesigen dunkelbraunen Lockenkopf stieg aus und kam wild gestikulierend auf sie zu. Kristina blickte die Braunhaarige durch einen dichten Tränenschleier an und verstand kein Wort. Langsam setzte sie ein Bein vor das andere und überquerte die Straße. Angekommen auf dem Bordstein schossen die Gedanken wieder zurück in ihren Kopf. Ein Zittern schüttelte ihre

Ulrike Eifler
OLIVENGARTEN

Körper Muskel für Muskel durch. Um ein Haar hätte sie unter diesem Auto gelegen. Nur wenige Zentimeter hatten gefehlt. Mein Gott, sie hätte tot sein können…

„Schade, dass es nicht geklappt hat", meldete sich eine Stimme in ihrem Kopf. „Vielleicht wäre es schneller gegangen. Jetzt bleibt dir nur noch das Dahinsiechen, und das noch nicht einmal auf einer onkologischen Station, sondern zu Hause, ohne medizinische Betreuung, dir selbst überlassen." Rasch verscheuchte Kristina den Gedanken und wieder schossen ihr Tränen in die Augen.

Seit zwei Stunden schon streifte sie ziellos durch die Straßen, Dr. Nikolaos hatte versucht, es ihr möglichst schonend beizubringen. Doch sein Drucksen hatte sie sofort misstrauisch gemacht. Der starke Husten, die Schmerzen in der Brust, die Kurzatmigkeit in den letzten Monaten hatten sie vermuten lassen, dass irgendetwas nicht stimmte. Die Untersuchung hatte für Gewissheit gesorgt. Bronchialkarzinom. Stadium drei. Auch Brustwand und Zwerchfell waren schon befallen.

„Wie lange noch?", hatte sie heiser gefragt.

Ulrike Eifler
OLIVENGARTEN

„Neun bis zwölf Wochen", hatte Dr. Nikolaos nach einer langen Pause geantwortet. Und dann hatte er schnell nachgeschoben, dass eine Behandlung mit Chemotherapeutika ihre Lebensdauer auf bis zu 18 Monate verlängern könnte.

„Wir würden versuchen, die Rezeptoren, die für enzymatische Prozesse in- und außerhalb der Krebszellen wichtig sind, medikamentös zu belegen. Dadurch wird das Wachstum der Krebszellen zielgerichtet blockiert..."

Wie durch Watte hatte Kristina seinen weiteren Ausführungen zugehört. Seine Worte prallten auf einem Schutzring, der sich schnell und plötzlich um sie gezogen hatte. Und dann war sie ohne eine Erklärung aufgestanden und hatte das Behandlungszimmer verlassen.

Kristina war im Park angekommen und setzte sich auf eine Bank, um kurz auszuruhen. Vater und Sohn spielten unter den alten Pappeln Fußball. Herbst lag in der Luft. Es roch nach Vergänglichkeit. Noch war es warm. Doch die Sonne brannte schon lang nicht mehr so heiß wie im Juli. Eine leichte Brise fegte in das Pappelgeäst und es hatte den

Ulrike Eifler
OLIVENGARTEN

Anschein, als wollte sie den Sommer mit sich forttragen. Kristina sog alles in sich ein. Neun bis zwölf Wochen. Viel Zeit blieb ihr nicht mehr. Es würde ihr letzter Herbst werden. Alles was sie sah, was sie hörte, was sie tat, geschah womöglich zum letzten Mal. Wieder rannen ihr dicke Tränen über die Wangen.

26 Jahre hatte sie in der Lackfabrik am Stadtrand gearbeitet. Mit sechzehn hatte sie dort einen festen Vertrag bekommen. Bautenanstrichmittel, Druckfarben, Holzlacke, Industrielacke, Pulverlacke – Kristina kannte sich mit allem aus. Die Arbeit war hart, vor allem der Schichtbetrieb, doch Kristina hatte sich nie beschwert. Sie war immer pünktlich an ihrem Arbeitsplatz und stets todmüde, wenn sie von der Schicht nach Hause kam. Vor zwei Jahren wurde der Betrieb dicht gemacht. Wegen der Krise, ließ die Geschäftsleitung verlauten, bekäme man keine Kredite mehr bei der Bank und so fehle das Geld für dringend benötigte Investitionen. 400 Mitarbeiter wurden einfach auf die Straße gesetzt. Zwölf Monate lang hatte sie noch Arbeitslosengeld bekommen. Jetzt gab es nichts mehr. Sie

Ulrike Eifler
OLIVENGARTEN

lebte von Gelegenheitsjobs und dem mühsam Ersparten, dass sie eigentlich für die Rente zurückgelegt hatte. Und es reichte mit starken Einschränkungen gerade so. Wie gut, dass Sofia schon erwachsen und aus dem Haus war.

Dass es regnete, bemerkte Kristina erst, als der Vater unter den Pappeln Kind und Fußball packte und Richtung Parkausgang rannte. Die dicken Tropfen durchdrangen schnell den Stoff ihrer Jacke. Es war ein ungleicher Kampf und Kristina spürte schon die Nässe auf der Haut. Das Wetter passt zu ihrer Stimmung. Als der Regen nachließ, saß Kristina noch immer auf ihrer Bank. Ein Sonnenstrahl brach sich kraftvoll durch die dicken Wolken
und spannte seinen bunten Bogen zwischen die Bäume. Kristina war völlig durchnässt und die Kälte kroch ihr unter die Haut. Langsam, als hätte sie alle Zeit der Welt, machte sie sich auf den Weg nach Hause.

Nach der heißen Dusche ging es ihr etwas besser. Sie suchte die Pappschachtel mit den Postkarten und setzte sich in ihren Lieblingssessel. Der gelbe weiche Samt streichelte ihre

Ulrike Eifler
OLIVENGARTEN

Haut. Der Sessel war ihre Oase. Immer schon gewesen. Kristina hatte sich und Sofia allein durchbringen müssen. Sofias Vater hatte sie verlassen, als das Kind ein halbes Jahr alt war. Er hatte nie wieder von sich hören lassen. Um finanziell über die Runden zu kommen, hatte Kristina ihre volle Stelle in der Lackfabrik behalten. Der Schichtbetrieb hatte es ihr schwer gemacht, für Sofia so da zu sein, wie sie es wollte. Das Gefühl, ihrer Tochter nicht zu genügen, war zu einem ständigen Begleiter geworden. Einmal im Jahr aber waren die zwei für eine Woche nach Chania an den Strand gefahren. Einmal im Jahr raus aus der Lackfabrik und nur für Sofia da sein. Wie gern erinnerte sie sich daran zurück. Stundenlang hatten sie am Strand gesessen und sehnsüchtig auf das weite Meer hinausgeschaut. Und dann hatten sie sich in bunten Farben die entlegensten Ziele und die exotischsten Länder ausgemalt. Hatten sich vorgestellt, wie sie am Bahnhof in Moskau standen und die Einfahrt des Zuges abwarteten, der sie quer durch Sibirien direkt nach Peking bringen sollte. In Gedanken hatten sie ihre schweren Koffer in den Zug gehievt und unter den Sitzen ihres Abteils verstaut. Und wenn sie die Nase aus dem

Ulrike Eifler
OLIVENGARTEN

Fenster hielten, kam ihnen der eisige Wind des Baikalsees entgegen und stach wie mit tausend Nadeln. Sie sahen in den mongolischen Jurten die Hirten frisch gebratenes Ziegenfleisch servieren. Und schließlich angekommen in Peking hatten sie am nächstbesten Imbissstand Jiaozi bestellt – jene Teigtaschen, für die die nordchinesische Küche nur zu berühmt war. Oder sie hatten sich einen alten Bildband über den Iran angesehen und tauchten ein in die bunte laute Welt des Basars in Teheran. Dann duftete es nach Zimt und Kardamom, nach Anis und Kreuzkümmel und Männer feilschten um ihre Waren und zeigten dicke Zahnlücken unter lustigen Schnurrbärten. Ein paar Mal hatten sie sogar in San Francisco auf der Golden Gate Bridge gestanden, die gar nicht golden, sondern tiefrot war. Sehnsuchtsvoll hatten sie sich in eine Welt geträumt, die zu bereisen sie nie die Gelegenheit haben würden.

Es war an einem Sonntagnachmittag, als Sofia vom Friedhof zurück in die Wohnung ihrer Mutter fuhr. Am Ende war doch alles ganz schnell gegangen. Die chemotherapeutische Behandlung konnte sich die Mutter nicht leisten. Mit der

Ulrike Eifler
OLIVENGARTEN

Arbeit in der Fabrik hatte sie auch ihre Krankenversicherung verloren. Doch Sofia war sich sicher, dass sie diese ohnehin abgelehnt hätte. Sie hätte ihr Leben nicht künstlich verlängern wollen, sondern hätte erledigen wollen, was noch zu erledigen gewesen war. Sofia hatte sich ein Urlaubssemester genommen und war für die wenigen Wochen zurück zu ihrer Mutter gezogen. Und trotz der Krankheit, die nun zwischen ihnen stand, weil sie beide nicht auf das Abschiednehmen vorbereitet waren, hatten sie die Zeit, die ihnen blieb, miteinander genossen. Immer schon hatten sie einander nahe gestanden, aber die Todeserwartung der Mutter hatte sie noch inniger miteinander verbunden.

Die Mutter liebte den Herbst und so hatten sie jede Gelegenheit für einen Spaziergang genutzt. Gemeinsam hatten sie alles aufgesogen, was sie sahen, hörten, rochen. Ein paar Mal waren sie in das kleine Café an der Ecke eingekehrt und hatten sich lange unterhalten. Und am Abend hatte Sofia oft das leckere Kürbisrisotto gekocht, das ihnen mal ein Kollege aus Deutschland gezeigt hatte und

Ulrike Eifler
OLIVENGARTEN

das so gut zu diesem Herbst passte und das die Mutter so mochte. Irgendwann hatte die Kurzatmigkeit zugenommen. Die Mutter hatte dann lange müde auf dem Sofa gelegen und still gelauscht, wenn Sofia ihr jene orientalischen Märchen vorlas, die sie früher immer gemeinsam gelesen hatten. Als die Mutter beim Husten Blut spuckte, ließ sich der Anruf im Krankenhaus nicht länger aufschieben.

Sofia kochte sich eine Tasse Tee und verkroch sich in dem gelben Samtsessel. So viele Jahre hatte er der Mutter als Rückzugsort gedient. Nun nahm er auch sie weich, warm und tröstend auf. Vorsichtig öffnete sie die verschnürte Pappschachtel. Die Mutter wollte, dass Sofia sie erst nach ihrem Tod öffnete. In der Schachtel lag eine Kladde. Liebevoll beklebt. Ein Mosaik weltweiter Sehenswürdigkeiten zierte Vorder- und Rückseite. Sofia entdeckte den schiefen Turm von Pisa darauf, den Eifelturm in Paris und die Blaue Moschee in Istanbul. Sie fand die Klagemauer in Jerusalem, den Sommerpalast in Peking und natürlich den Basar in Teheran.

Ulrike Eifler
OLIVENGARTEN

Sofia kannte jedes einzelne Bild. Dutzende Male hatten sie sich gemeinsam die Postkartensammlung der Mutter angesehen und sich in ferne Welten geträumt. Sofia hatte oft das Fernweh in ihrem sehnsuchtsvollen Blick gesehen und immer geahnt, wie gern sich die Mutter diese vielen wunderbaren Orte selbst angesehen hätte. Die Postkartensammlung war ein kleiner Ersatz für die fehlenden Gelegenheiten. Sofia musste schmunzeln bei der Erinnerung, wie hartnäckig die Mutter auf Postkarten bestanden hatte, wenn im Bekannten- und Kollegenkreis jemand ins Ausland fuhr. Und niemand wagte zurückzukehren, ohne nicht aus Paris, Kopenhagen oder Teheran wenigstens eine Postkarte verschickt zu haben. So war über die Jahre eine hübsche Sammlung zusammengekommen. Und immer wenn sie eine neue Postkarte bekamen, hatten sie zusammen das Motiv auf der Karte bestaunt und ehrfürchtig die fremde Briefmarke und den Stempel darauf befühlt. Und dann hatten sie sich gemeinsam ausgemalt, wie es wohl aussähe in diesem Land.

Ulrike Eifler
OLIVENGARTEN

Sofia öffnete die Kladde. Sie war unbeschrieben. Natürlich. Die Mutter war keine Schriftstellerin gewesen. Das Schreiben war ihr stets schwer gefallen und durch die Romane, die Sofia ihr hin und wieder geschenkt hatte, hatte sie sich mühsam quälen müssen. Sie legte die Kladde zurück in die Schachtel und verstand, was die Mutter ihr sagen wollte. Sie hatte sich ihre Träume bis zum Schluss erhalten. Mit Hilfe der Postkarten war sie aus den Mühen des Alltages in eine bunte Traumwelt geflohen. Dabei war es nicht so sehr darauf angekommen, dass ihre Träume Wirklichkeit wurden. Vielmehr ging es darum, gemeinsam zu träumen, die Sehnsüchte miteinander zu teilen, gemeinsam die Herzen an jenes Fernweh zu hängen. Sofia lehnte sich zurück. Sie zog die Knie an den Körper und vergrub ihr Gesicht darin.

Ulrike Eifler
OLIVENGARTEN

Ulrike Eifler
OLIVENGARTEN

Alle gemeinsam

Aristidis machte sich auf den Weg. Viel Zeit hatte er nicht mehr. Vor der Metrostation drückte ihm ein Mädchen mit langen roten Locken ein Flugblatt in die Hand. Ihre grünen Augen lächelten frech unter dem Meer an Sommersprossen, das sich über Nase und Wangen ergoss.

„Athen, antifaschistische Stadt", rief sie und wandte sich schon einem anderen Passanten zu.

Aristidis sah auf das Flugblatt. Es war der Aufruf zu der seit Wochen geplanten und beworbenen Demonstration auf dem Syntagmaplatz. Es sollte die größte Demonstration in der Geschichte des Landes werden, denn sie wollten der linken SYRIZA-Regierung und den Institutionen zeigen, dass weitere Kürzungen nicht zu verkraften waren und auf den erbitterten Widerstand der Bevölkerung stoßen würden. Der Beginn der Demonstration war für zwölf Uhr geplant. Aristidis blickte auf die Uhr. Es war Viertel vor Zwölf. Zügig setzte er sich in Bewegung.

Er nahm den direkten Weg zum Syntagmaplatz, dem Platz

der Verfassung. Hastig durchschritt er die berühmte Athener Einkaufsmeile, die Monat für Monat hunderte von Touristen anlockte. Heute waren die Geschäfte geschlossen geblieben. Passanten eilten unachtsam an ihnen vorüber, steuerten zielsicher den Syntagmaplatz an. Einige der Schaufenster gähnten müde und leer. „Hier ist die Troika durchgekommen!", war auf Aufklebern zu lesen, die trotzig auf den Scheiben prangten.

Als Aristidis an der kleinen Kapikarea-Basilika vorbeikam, spielte ein alter Mann auf einer noch viel älteren Drehorgel seine traurige Melodie. Aristidis kannte den Mann, ohne zu wissen, wer er war. Jeder kannte ihn. Wie eine Anklage saß er Tag für Tag auf seinem Schemel in der Einkaufsmeile, vor sich die Drehorgel und er spielte seine immer gleiche Melodie. Melancholisch. Herzzerreißend. Aristidis warf ihm ein Fünfzig-Cent-Stück in den Hut und wünschte ihm einen guten Tag. An paar Meter weiter saß ein Bettler. Daneben noch einer. Sie waren aus dem Straßenbild nicht mehr wegzudenken mit ihren krakelig beschriebenen Pappschildern, die erklären sollten und doch nichts

Ulrike Eifler
OLIVENGARTEN

erklärten. Vor ihnen die immer leeren Becher, Hüte oder Pappschachteln. Als Aristidis den Straßenmusiker mit dem alten ausgefransten Strohhut „Wind of Change" spielen hörte, musste er lächeln. Diesen Wind der Veränderung, den brauchen wir, dachte er.

Endlich hatte Aristidis den Syntagma-Platz erreicht. Die Menschen darauf waren zu einer beachtlichen Menge angeschwollen. Zähflüssig quollen sie in die links und rechts vom Syntagmaplatz wegführenden Straßen. Die Stimmung auf dem Platz wie in den Seitenstraßen war ausgelassen. Der Platz, man konnte es gar nicht anders beschreiben, war ein bunter Haufen aus Transparenten und Plakaten. Immer mehr Menschen strömten von links heran, strömten von rechts heran. Alte und Junge, Männer und Frauen. Dazwischen immer mal wieder ein Kinderwagen, an den bunte Luftballons gebunden waren.

Der Platz war umsäumt von den Infoständen der Aktivisten. Parteien trauten sich schon lange nicht mehr auf die Demonstrationen. Flugblätter wechselten den Besitzer.

Ulrike Eifler
OLIVENGARTEN

Am Kopf des Platzes war eine Bühne aufgebaut. Eine HipHop-Band heizte die Menge an.

„Wenn ich den Kopf hängen lasse, schlag hart zu, damit ich wieder aufrecht gehe", dröhnte der Sprechgesang, begleitet von rhythmischen Bässen, über den Platz.

Aristidis warf einen Blick auf die Menschenmasse, beobachte, wie sich Bekannte begrüßten, miteinander redeten, lachten, diskutierten. Er sah ernste Gesichter und Menschen, die unaufhörlich ins Megafon riefen. Es war nicht leicht, in diesen Tagen den Kopf nicht hängen zu lassen, dachte Aristidis. Sein Gehalt war um fünfhundert Euro gekürzt worden und als ihn seine Schüler kurz nach Weihnachten fragten, warum ihnen der Weihnachtsmann in diesem Jahr kein Geschenk gebracht hatte, hatte es ihm fast das Herz zerrissen. Im letzten Monat hatte er dreimal am Flughafen gestanden, um Freunde zu verabschieden, die auswanderten, weil sie sich ihre Träume nicht vor dem Scherbengericht der Troika kaputt machen lassen wollten.

Aristidis mischte sich unter die Menge. Er fragte sich, ob so

Ulrike Eifler
OLIVENGARTEN

Menschen aussahen, deren Träume zerstört worden waren. Waren nicht mit dem Protest gegen die Politik der Troika, mit dem Aufbau von Nachbarschaftskomitees, Solidarkliniken und der Kartoffelbewegung neue Träume an die Stelle der alten getreten? Und war es nicht so, dass sie, seit sie sich im Alltag mehr denn je helfen und stützen mussten, nicht alle den gleichen Traum träumten? Aristidis dachte an die Nachbarschaftsversammlungen, auf denen sie lernten, miteinander zu reden und einander zuzuhören. Sie lernten, Probleme anzusprechen und gemeinsam nach Lösungen zu suchen, Beschlüsse zu fassen und diese gemeinsam umzusetzen. Sie organisierten sich, kämpften um ihre Rechte. Sie bauten im Alltag solidarische Strukturen auf, die zum Fundament einer neuen Gesellschaft werden konnten. Eine Gesellschaft, in der man solidarisch miteinander umging und sich trotz aller Unterschiede achtete. Eine Gesellschaft, die den Menschen und seine Bedürfnisse über Profite und Märkte stellte.

Aristidis wuchs mit der Menschenmenge auf dem Platz. Sein Blick fiel auf die schwarze Reihe gepanzerter

Ulrike Eifler
OLIVENGARTEN

Polizisten. Jeder einzelne auf diesem Platz, nicht nur die politischen Aktivisten, auch diejenigen, die sich eigentlich gar nicht für Politik interessierten, hatte inzwischen eine Vision von einer besseren Welt. Und diese Vision konnte man ihnen nicht mehr entreißen. So sehr sie es auch durch die Medien versuchten. So sehr sie ihren Unterdrückungsapparat auch ausbauten. Keine Armee, dachte Aristidis, richtete sich auf und streckte den Rücken durch, keine Armee war stärker als eine Idee, deren Zeit gekommen war. Und dann hakte er sich bei Agata und Gaia ein, die er aus der Uni kannte und die extra von Heraklion nach Athen gekommen waren, um an diesem Tag mit zu demonstrieren. Er lächelte, als er nach links sah und sein Blick auf eine riesige Gruppe von streikenden Reinigungskräften fiel, die man daran erkannte, dass ihre Hände in roten Gummihandschuhen steckten und fest zu Fäusten geballt waren. Angeführt wurde diese Phalanx von Maria und Konstantina, zwei kleinen, mutigen, kämpferischen Putzfrauen, die sich auch ohne Megafon Gehör verschafften. Er blinzelte, als Theodoris ein Foto von der Menschenkette schoss und er freute sich, als Eleni und

Ulrike Eifler
OLIVENGARTEN

Mikis Arm in Arm heraneilten und sich bei Sofia und Maja unterhakten.

Wir sind viele, war Aristidis überzeugt, und wir werden diesen Kampf gewinnen. Die Polizeikette setzte sich mit schwingenden Knüppeln in Bewegung. Eine Wolke aus Tränengas regnete auf den Platz herab. Die Fenster des Parlaments blieben verschlossen. Vielleicht heute noch nicht, dachte Aristidis, aber am Ende werden wir gewinnen!

Ulrike Eifler
OLIVENGARTEN

Ulrike Eifler
OLIVENGARTEN

Ulrike Eifler
OLIVENGARTEN